# LE TERRITOIRE DU LOUP

SOUS LES AURORES BORÉALES
TOME 5

VIVIAN AREND

Ceci est une œuvre de fiction. Les noms, les personnages, les lieux et les incidents sont le produit de l'imagination de l'auteur ou sont employés de manière fictive, et toute ressemblance à des personnes, existant ou ayant existé, des entreprises, des événements ou des lieux ne serait qu'une coïncidence.

**1**

___

Les couleurs alternées de la crème et du café tournaient comme une œuvre d'art hypnotique et de la vapeur montait de la surface de sa boisson. Jared Gilliland prit une longue gorgée et attendit que la caféine pénètre dans son système et réveille son cerveau.

Il n'y avait rien de mieux que de savourer une tasse de java revigorante tout en se relaxant sur le premier patio avec vue sur le port de Haines. Il tourna son visage vers le soleil du début de juillet, et le contentement l'envahit.

D'accord, le fait qu'il ait passé une nuit méchamment agréable la veille au soir avec une gentille petite chose avait aussi quelque chose à voir avec son aspect détendu.

La vie était belle. Un peu frustrante parfois, peut-être, mais dans l'ensemble, sacrément bonne.

— Si je ne te connaissais pas mieux, je penserais que tu as préparé quelque chose, rien qu'à ton expression.

Jared sortit de sa rêverie pour découvrir son Bêta se rapprochant de la table. L'homme massif portait un plateau couvert de tasses. Derrière lui traînait un convoi de loups du lac Granite. Jared sauta sur ses pieds et écarta une chaise du chemin d'Erik.

— Qui, moi ? Tu dis juste ça parce que neuf fois sur dix, c'est vrai.

Erik gloussa en posant son fardeau sur la table.

— J'aime ça, chez toi. Tu es assez honnête pour admettre tes fautes.

— Ce n'est un défaut — la créativité est l'une de mes meilleures qualités.

Il pencha poliment la tête vers Keil et Robyn, les Alphas de la meute, avant de jeter un coup d'œil à l'espace restreint autour de sa table.

— Euh, tu veux que je parte ?

— Bien sûr que non.

Keil posa sa main sur l'épaule de Robyn pour la retenir une seconde.

— Je pensais que tu avais choisi la meilleure table de l'endroit, surtout pour que nous te rejoignions. Ça ne te dérange pas, n'est-ce pas ?

Putain, non. Ce n'était peut-être pas une matinée aussi reposante que Jared l'avait prévue, mais passer du temps avec les gros bonnets de la meute valait la peine de renoncer à un peu de Repos et de Relaxation.

— Heureux d'être utile. J'ai combattu des gens à gauche et à droite pour sauver cet endroit.

On installa des chaises, on distribua des tasses et des friandises, puis il y en eut sept. Jared aurait pu se sentir plus anxieux s'il ne les connaissait pas tous si bien. De Keil et Robyn à Tad et Missy, qui agissaient comme Omegas pour la meute, Jared les avait regardés avec admiration au cours des deux dernières années et demie alors qu'ils travaillaient au sein de la meute de loups d'Alaska pour la rendre plus forte qu'avant.

Erik était avec sa compagne Maggie — il avait passé du temps avec eux sur la piste pendant l'équivalent loup de l'Amazing Race. Il était difficile d'être intimidé par quelqu'un avec qui il avait rampé sur des rochers et barboté dans des ruisseaux.

— Quelles sont les nouvelles sur les rénovations ?

Keil tapota la table devant Maggie.

— Et s'il vous plaît, dites-moi que vous n'essayez toujours pas de convaincre les frères Teslin de terminer la plomberie de la nouvelle cuisine.

— Hé, ils ont les compétences. Ils ont été un peu distraits au cours des deux dernières semaines.

Elle secoua la tête et montra Erik.

— C'est de sa faute.

— La mienne ?

— La tienne. Tu as donné l'autorisation à l'entrepreneur du bateau de croisière d'utiliser le hall de la station de conditionnement pour les entretiens. Je ne peux pas blâmer les gars d'être distraits quand il y a un flux constant de jolies louves qui défilent à travers le...

Jared parla sans réfléchir.

— De belles louves ?

Un vif éclat de rire l'entoura, et il aurait pu rougir un instant. Sa réputation, bien méritée, le précédait. Il sourit timidement et but une gorgée de son café. Il fit face au sourire de Robyn.

Ils s'étaient arrangés sans réfléchir pour lui permettre de voir facilement leurs visages. Ses compétences en lecture labiale n'avaient pas changé lorsqu'elle était devenue une louve à part entière, mais sa surdité n'était plus un obstacle. Elle avait un talent étonnant pour analyser les gens, ce qui lui permettait de s'intégrer facilement à la communauté des entendants. Bien sûr, sa volonté d'abattre n'importe quel loup pourrait également expliquer pourquoi la meute se comportait de la meilleure façon en sa présence.

Robyn parla en langue des signes à son compagnon, et Keil rit encore plus fort.

— Je suis d'accord.

Jared se rapprocha.

— Quoi ? Je n'ai pas compris ça.

Keil inclina sa tasse vers Jared.

— Elle se demandait pourquoi l'un d'entre nous est surpris de voir que ton attention a été attirée par de belles louves. Tu as traversé la plus incroyable collection de femmes de tous ceux que j'ai jamais rencontrés. Avant de rencontrer Robyn, j'avais un bon nombre...

Il s'interrompit alors qu'elle croisa les bras, son expression changeant subtilement. Jared étouffa son grognement d'amusement.

— ... j'avais toutes sortes de difficultés pour trouver une bonne femme avec qui passer du temps.

Keil croisa les mains devant lui, posant ses poings roses sur la table. Il sourit innocemment à Robyn comme un enfant de quatre ans, et pas comme l'un des mecs les plus effrayants de tout l'état de l'Alaska, sous forme humaine ou de loup.

— Il n'y avait tout simplement personne qui pouvait être à la hauteur de mes normes. J'ai vécu une vie triste et solitaire jusqu'à ce que tu entres dans mon monde.

Elle sourit et lui tapota la joue.

Erik secoua la tête.

— Nous allons tous ignorer le fait que tu viens de mentir à t'en râper les dents.

Maggie hocha la tête en signe d'accord, ses boucles blondes rebondissant.

— Ce sera moins compliqué, hein ?

Les taquineries durèrent un moment et Jared profita d'une chaleur différente de celle qu'il avait appréciée au début de sa pause-café.

La meute était la famille, et la sienne était devenue l'une des meilleures. Granite Lake avait changé pour le mieux au cours des deux dernières années. Le groupe de métamorphes qui l'entourait était assez puissant pour faire obéir même les loups indisciplinés, mais ils le faisaient d'une manière personnelle et amusante. Il y avait tout le temps de nouveaux membres qui venaient à Haines et qui voulaient se joindre à eux. Ce n'était plus seulement un endroit isolé où vivre. La ville portuaire de l'Alaska avait tant à offrir à la nouvelle race d'aventuriers qui se dirigeaient vers le nord.

Non pas qu'il aspirait à l'aventure, non. La vie tranquille était plus qu'un exploit pour lui. Le désir profond de quelque chose de plus pourrait être mis de côté un peu plus longtemps.

Quelqu'un lui donna un coup dans le bras.

— Tu as trouvé un travail pour l'été ?

Jared se débattit mentalement, se sortant de son marasme. L'une des règles implicites de la meute était de travailler, ou ils trouveraient du travail pour vous. Il avait gardé ses relations d'affaires réelles en cachette pendant si longtemps que tout le monde pensait que le principe s'appliquait toujours à lui.

— Bien sûr.

Tad attendit.

— Eh bien, à proprement parler, ce n'est pas un travail, mais j'ai promis d'aider à l'Heritage Village pendant que les bateaux de croisière sont au port. Tu sais, m'habiller et...

— Séduire les visiteurs ? Oh, Jared, quand vas-tu grandir et commencer ta vie ?

Maggie secoua la tête, mais elle souriait trop pour être bouleversée.

*Gagné.* — Hé, le tourisme positif est une bonne chose pour Haines. Je pense que plus les gens sont heureux quand ils quittent nos beaux rivages, plus ils ont de chances de revenir.

— Et les rencontres occasionnelles ne te dérangent pas, n'est-ce pas ?

Tous les hommes à table regardèrent Maggie avec un air choqué non dissimulé. Elle roula des yeux.

— Maudits accros au sexe, vous tous les loups mâles ! Bon, laissez-moi reformuler ça. Ne cherches-tu pas quelque chose de plus que du sexe occasionnel à un moment donné ?

Jared attendit cinq bonnes secondes par respect avant de laisser échapper :

— Non. Jamais.

Six têtes tournèrent dans sa direction, et cette fois même les gars semblèrent se moquer de lui.

— Tu vas être tellement fichu quand tu rencontreras ta compagne.

Tad passa ses doigts dans les boucles pâles à la base du cou de Missy. Jared envisagea de faire un commentaire intelligent, mais réfléchit. Tad pourrait utiliser ses étranges sens d'araignée Omega et découvrir exactement comment et pourquoi Jared ne s'attendait pas à trouver sa compagne. Puis il y aurait un interrogatoire.

D'après le regard pointu qu'il reçut de Missy, il était peut-être trop tard.

Sacré vaudou de loup mystique — garder des secrets de ce groupe lui avait pris plus d'énergie que de cacher de l'herbe à chat à un groupe de couguars métamorphes.

Heureusement, les Omegas furent assez polis pour ne

pas commencer à scanner les membres de la meute sans raison comme un loup incontrôlable. Elle ne dirait rien devant toute la meute, si elle avait compris son secret.

Et des secrets, il en avait.

Il ajusta sa chaise, espérant se fondre dans le décor. Erik fit un clin d'œil sournois puis changea de sujet. Jared nota mentalement d'acheter un pack de six de la bière préférée du mec et de le glisser sur son porche. Oui, le Bêta était l'un des golden boys de la meute.

En fait, ils étaient tous fabuleux. Il n'eut aucun problème avec aucun des dirigeants. La vie était belle, à part ses pieds qui le démangeaient et son petit problème, et c'était quelque chose en quoi personne ne pouvait l'aider, donc c'était moins un *problème* et plus un *truc*. Les trucs pouvaient être ignorés.

La conversation reprit, et il se détendit, prenant le temps d'examiner les visages autour de lui lors de leurs visites. Il regarda le mélange d'humains et de métamorphes entassés dans le petit café et les sièges du balcon du deuxième étage en ce glorieux matin de juillet. En bas de la rue, deux pêcheurs costauds se dirigèrent vers le nord, venant du port.

Pourquoi avaient-ils l'air familiers ? Jared se pencha en avant et regarda mieux. Ils se tournèrent pour regarder dans sa direction, et lorsqu'il rencontra leurs yeux, leurs expressions passèrent de plutôt hébétées à furieuses.

Jared jeta un coup d'œil derrière lui. Non. Il n'y avait personne là-bas, les garçons ne pourraient être énervés. Erik ou Keil avaient-ils fait quelque chose ?

— Hmm, quelqu'un a-t-il ennuyé les locaux ces derniers temps ? La meute a des factures impayées chez les poissonniers ?

Erik fronça les sourcils.

— Quoi ?

— Quelqu'un de là-bas est très intéressé par quelqu'un ici.

Jared pointa un doigt et toute la table se tourna vers la rue.

Bien sûr, c'est à ce moment que Jared comprit exactement pourquoi les traits des hommes lui étaient familiers. L'adrénaline qui traversa ses veines était plus forte que la secousse d'une douzaine de triples expressos — le corps sur les nerfs, le cœur battant. Il recula sa chaise, posa une main sur la rambarde derrière lui et se jeta par-dessus.

— Es-tu sûr que tout est en place ?

Keri croisa les bras et s'appuya contre le mur à l'extérieur de la salle de commandement du bateau de croisière.

— À un moment donné, tu dois surmonter cette envie irritante de vouloir gérer chaque étape du voyage. Tessa, tout ira bien. La croisière est complète. Tous les passagers ont passé le contrôle de sécurité. Willis a mis en place le dernier personnel dont nous avons besoin — tu peux te détendre.

Sa meilleure amie hocha la tête, alors même qu'elle respirait rapidement. Keri regarda autour d'elle, impuissante, à la recherche d'un sac en papier à mettre sur la tête de Tessa. L'hyperventilation n'était pas jolie à regarder.

Tessa leva les bras et secoua les mains comme si elle saluait des extraterrestres.

— C'est juste que ça doit être parfait.

— Oh, super, ne mets aucune pression sur aucun d'entre

nous... Même ton frère n'a pas dirigé le navire de manière impeccable. Accorde-toi un peu de répit.

Ce n'était pas seulement les nerfs du premier jour de travail, c'était à la hauteur des nerfs de la petite sœur.

— La croisière part dans quelques heures. Tout le monde passera un moment formidable, des rapports seront publiés sur tous les sites touristiques selon lesquels Arctic Wolf Cruise Lines propose toujours la meilleure expérience d'escapade-slash-nord de tous les temps. Le réseau d'informations de métamorphes s'extasiera sur la douceur d'avoir une croisière exclusive où « aller à fourrure » n'est pas mal vu.

— Mais... et si quelque chose ne va pas ?

Les yeux de Tessa s'agrandirent.

— Et si les Fedoras ne passaient pas un bon moment ? Keri, pourquoi ont-ils dû choisir mon voyage inaugural pour faire un voyage ? Avoir la royauté à bord n'aide pas. Je n'arrête pas de penser que je devrais porter un corset et une jupe longue, et un éventail quand je les salue.

Keri regarda le visage pâle de Tessa.

— Tu vas t'évanouir ? Parce que je peux te procurer des sels ammoniacaux, mais je ne sais pas ce qu'ils feraient à ton métabolisme. Les chats ne sont-ils pas allergiques ?

— Ferme-la.

Tessa fit la grimace.

— Je comprends. Je vais arrêter ma crise. Je veux juste... je veux juste bien faire.

— Je sais que tu le fais.

Keri attrapa Tessa par le coude et la tira vers la timonerie.

— Ta famille exploite cette compagnie de croisière depuis des années. C'est à ton tour de reprendre le flambeau, *bla, bla, bla.*

Tessa passa son bras sous celui de Keri, et elles marchèrent côte à côte, se sentant bien ainsi. La tension de son amie s'estompa lentement alors qu'elles parcouraient les couloirs sans parler de grand-chose. Keri sourit. S'il y avait une chose qu'elle avait apprise en vivant à côté des métamorphes de chat pendant des années, c'était que les félins avaient besoin de bouger.

— Pour ma première recommandation en tant qu'expert, je te suggère de sortir ton trampoline. Mets-le dans le coin de ton bureau. En fait, oublie ça. Mets-le derrière ton bureau et utilise-le à la place d'une chaise.

Tessa éclata de rire.

— Je vais avoir l'air si professionnel, rebondissant de haut en bas pendant que je parle à l'équipage.

— C'est mieux que de rebondir sur les murs.

Keri serra le bras de son amie.

— Je sais que nous plaisantons beaucoup, mais je pense que tu dois le faire. Tu as les compétences. Et si Big Brother Golden Boy faisait certaines choses différemment ? Sois toi-même, utilise ces compétences managériales bizarres que tu as acquises dans cette école fantaisiste, et tout ira bien.

Elles s'arrêtèrent devant la porte du bureau de Tessa. Tessa se tourna vers elle.

— Je suis contente que tu sois là. Tu es la meilleure amie de tous les temps.

Toute lumière disparut alors que Keri fut bloquée dans une énorme étreinte, son visage coincé sous l'aisselle de Tessa, ses côtes douloureuses.

— Hé là, Tigrou, doucement.

Tessa la relâcha et Keri aspira de l'air, conservant son sourire alors même qu'elle haletait.

La métamorphe couguar qui était sa meilleure amie au

monde, aussi proche d'une sœur que n'importe qui pouvait l'être, bondissait autour d'elle.

— Je suis sérieuse, Keri. Merci d'avoir prêté main forte. Ce n'est pas tout le monde qui renoncerait à ses vacances pour travailler.

— Hé, je suis sur un bateau de croisière. Bonbons et piscines. Combien d'efforts cela va-t-il demander exactement ?

Keri évita le swing sans enthousiasme de Tessa.

— Je plaisante, je plaisante, mais allez, je ne suis rien d'autre qu'une femme à tout faire à succès. Ce n'est pas comme si je cuisinais pour cinq cents.

— Ce serait une peur aux proportions épiques.

Tessa eut un frisson exagéré et se serra le ventre.

Keri renifla.

— Okay. Tu ne sais pas cuisiner non plus.

— Je suis surprise que nous ne soyons pas mortes de faim à l'université.

— Ah, les merveilleux dîners au micro-ondes et la livraison de pizzas !

Keri donna à son amie un léger coup de poing dans l'épaule.

— Mais nous y avons survécu, tu t'en sortiras. Tu vas faire quelque chose de génial.

— Merci.

Tessa laissa échapper un profond soupir avant de lui faire un clin d'œil.

— Merci de me rappeler que je peux le faire.

Elles se donnèrent des coups de poing, puis Tessa se glissa dans son bureau et Keri traversa le couloir pour s'échapper sur le pont.

Elle aspira tout — le beau ciel bleu, les vagues ondulantes de l'océan. L'odeur de la mer et un léger soupçon de friture des restaurants de la ville remplirent ses narines. Elle s'appuya sur la balustrade et sourit.

C'était un jour férié. Tessa était peut-être en mode panique, mais c'était une nervosité bienvenue pour la première fois. Les croisières réservées aux métamorphes avaient fonctionné sans accroc pendant des années, et avec Tessa à la barre, rien ne changerait, sauf peut-être en mieux. Comme le reste de sa famille — le clan qui avait fourni la résidence secondaire de Keri au cours des dix dernières années — la jeune fille avait le don de rendre les autres heureux.

Faire du bénévolat en tant qu'expert n'allait pas du tout être une tâche ingrate. C'était plus une faveur pour apaiser les inquiétudes de Tessa.

Non, Keri prévoyait d'utiliser son temps libre pendant ce voyage pour planifier son avenir. Elle avait un diplôme en art du collège communautaire, de l'encre tachant en permanence ses doigts et un sac à dos rempli de crayons de fusain et de blocs-notes d'art. Mais dessiner des images de marchés fermiers ne paierait pas les factures pour toujours. Elle envoya une autre série de bons vœux à ses parents pour avoir été patients avec une tête brûlée rebelle comme elle et lui avoir donné un endroit où s'épanouir.

Si seulement elle pouvait comprendre ce qu'elle voulait être quand elle serait grande.

Une rafale fit tomber ses longs cheveux dans ses yeux, et Keri regretta sa décision de les laisser lâches. En mer, elle devrait les porter en queue de cheval. Elle fouilla dans sa poche pour trouver un élastique.

De grands cris attirèrent son attention sur le port. Trois hommes couraient dans les rues, l'un un peu en avant des autres. Il sauta par-dessus une pile de boîtes avant de les renverser derrière lui sur le chemin de ses poursuivants. Le premier homme tourna au coin, hors de vue pendant un moment, alors que les deux, derrière, forçaient les caisses à l'écart ; leurs jurons résonnaient dans l'air comme des blasphèmes.

Keri marcha le long de la balustrade, essayant de localiser la cause du remue-ménage. Était-il un voleur, peut-être ? Quelqu'un en retard sur ses paiements d'amarrage ? Au moment où elle atteignit la proue du bateau, les deux poursuivants étaient visibles plus en détail. De grosses bottes de pêcheur grumeleuses ornaient leurs pieds, et ils étaient couverts de vêtements de pluie brillants de la tête aux pieds. Les voir courir dans ces tenues lui donna mal aux jambes par sympathie.

Dans la rue principale, une silhouette solitaire réapparut, tête baissée, jambes arquées. Il se mouvait de façon poétique alors qu'il sautait par-dessus des cordes et autour de barils, escaladant les gens et expédiant des fournitures comme s'il se promenait sur la plage.

Seulement, lorsqu'il changea de direction, courut sur la rampe et disparut dans les profondeurs de la cale de l'*Arctic Wolf*, le plaisir et les jeux furent terminés.

— Oh, non, pas ça.

Keri se tourna vers la cage d'escalier la plus proche et sprinta vers le bas.

Il était hors de question que quelqu'un se faufile à bord du navire sans être approuvé. Pas sous sa surveillance. Surtout quelqu'un qui pourrait ou non avoir la mafia des pêcheurs sur ses talons.

Elle fit irruption dans la zone commune de l'équipage et regarda autour d'elle. Une courte file de personnes attendait devant une table pliante, les deux commissaires derrière elle distribuant des clés et des fiches d'informations.

— Quelque chose ne va pas ?

Le superviseur en chef, Chad, lui sourit de manière séduisante, et oui, ils avaient flirté plus tôt, mais... c'était une question de timing, mec. Être un ami de la famille ne voulait pas dire n'importe quand, n'importe où.

— Avez-vous vu une entrée non autorisée ? Il y a eu du tapage sur les quais.

— Personne de nouveau n'est monté à bord, à l'exception de l'équipage de dernière minute que nous avons contracté localement. Et c'est presque le dernier d'entre eux.

Chad se leva et regarda la ligne.

— Il en manque un. Un Mark Weaver. Il n'est pas encore là...

— Je suis ici. Désolé. Petite erreur, le réveil ne s'est pas déclenché. Je suis arrivé aussi vite que possible.

Le gars à l'arrivée tardive avait les cheveux noirs, les mèches assez longues pour être ébouriffées sur ses épaules telle une rock star bad boy en tournée. Mmm, elle aimait les mauvais garçons. Sa veste en cuir était ouverte, sa poitrine bougeait rapidement, et Keri hésita.

Légèrement haletant, comme s'il avait couru ?

— Quelqu'un vous a-t-il escorté jusqu'au navire, monsieur Weaver ?

Ses yeux s'écarquillèrent, puis son sourire apparut et son ventre se réchauffa. Merde, il était une arme redoutablement dangereuse.

— Non, mais je pourrais certainement utiliser une escorte jusqu'à ma chambre.

— Tu auras ton affectation de couchette dans une minute, coupa Chad. D'abord, signe ici.

Keri se secoua, et adopta une posture défensive.

Mark lui fit un clin d'œil puis se pencha au-dessus de la table pour ajouter un gribouillis au bas de la page.

— Voilà, mon amour.

Chad s'étouffa une seconde avant de lui remettre une clé.

— Ta chambre est à bâbord, vers le milieu du navire. Tu peux obtenir des draps et des fournitures supplémentaires dans le stockage du hall, et ton premier quart du travail commence à onze heures. Reviens ici et tu trouveras ton chef d'équipe. Ils t'équiperont et te donneront toutes les instructions de dernière minute.

Mark inclina un chapeau imaginaire vers Keri, ignorant complètement Chad.

— Tu vas être là ? M'aider à retrouver mon pied marin, ce genre de choses ?

Keri continua à battre en retraite jusqu'à ce que son dos heurte le mur.

— Je pense que nous allons mettre fin à cette conversation maintenant, M. Weaver. Trouvez vos quartiers.

Ses yeux sombres brillèrent pendant une seconde avant qu'il ne baisse son regard, qui caressa son corps. Elle aurait dû se sentir insultée. Elle aurait dû se retourner et exiger qu'il la traite avec plus de respect. Les mots ne venaient pas, principalement parce que ce qu'elle voulait vraiment, c'était se déshabiller et le monter comme une Harley. Sentir son pouvoir gronder entre ses cuisses et...

La sueur perla sur son front, se refroidissant instantanément dans la salle climatisée. Mark fut à la porte avant qu'elle ne sache comment répondre. Keri évita la question flagrante dans les yeux de Chad et s'enfuit en claquant la porte qui menait dans la direction opposée à celle où son homme mystérieux était parti. Toutes les pensées sur la raison pour laquelle il avait été chassé à bord se noyèrent dans la nouvelle révélation désastreuse qui la submergea.

Ce n'était pas bon. Ce n'était vraiment pas bon. La situation passa de gênante à tortueuse en moins de temps qu'il n'en fallait à une meute de loups moyenne pour avaler des côtes de bœuf.

Keri s'arrêta pour appuyer son front contre le mur le plus proche. Elle frappa avec plus de force que prévu.

En fait, elle répéta le mouvement. Deux trois fois.

*Bang. Bang.*

La douleur qui en résulta lui fit plisser le visage. *Bang.* Elle était censée être là pour son amie et agir comme femme à tout faire. *Bang.* Pas pour être celle qui cause le chaos sous le nez de Tessa. *Bang.* Pas pour découvrir son compagnon au milieu des employés.

Son compagnon. *Oh, ma parole, était-ce vraiment lui ?*

Elle se retourna et appuya ses épaules contre le mur, laissant sa tête retomber en arrière. Baver instantanément sur un type étranger n'était pas le problème — les métamorphes étaient compréhensifs concernant le sexe, et si elle voulait aller traîner ses bottes avec quelqu'un, personne ne clignerait des yeux.

Mais que faisait son corps en ce moment ? C'était une attraction hors du commun, hors des sentiers battus, une sorte de « fais-le-maintenant et fais-le-fort ». Dans le manuel de n'importe quel métamorphe, elle était sûre de trouver ses symptômes répertoriés comme classiques *c'est lui,* accompagnés de voyants d'avertissement aux néons clignotants.

Maintenant, la question était, qu'est-ce qu'elle allait bien pouvoir faire ?

## 2

Jared s'étala sur le lit simple qui occupait les trois quarts de l'espace disponible dans sa minuscule cabine d'équipage. Depuis que son combat-fuite au café lui avait insufflé le plein d'adrénaline, il vibrait. Ce n'est que maintenant que son rythme cardiaque revenait à quelque chose s'approchant de la normale.

Il s'assit et passa une main dans ses cheveux. Eh bien, cela avait été excitant. Son amante au cours des quelques nuits précédentes avait insisté sur le fait qu'elle était douée pour s'amuser occasionnellement. La photo de famille qu'il avait repérée au mur, celle où elle était gardée par ses frères aînés — ses gardes du corps — aurait dû lui rappeler le contraire. Même si elle était d'accord avec le sexe à en casser le lit, époustouflant et sans attaches, ses grands frères avaient d'autres idées sur ce que leur petite sœur devrait faire. Ils l'avaient averti depuis longtemps.

Sa réputation était vraiment bien méritée.

Faire irruption dans le rassemblement du personnel du bateau de croisière mit un arrêt temporaire à ses plans de cachette pendant quelques minutes jusqu'à ce que les garçons meurtriers quittent la zone. Il était prêt à stopper et à retourner à Haines, jetant un coup d'œil dans le couloir qu'il avait parcouru, quand le gars de la table d'inscription, ce Chad machin, lui avait fourni une escorte porte-à-porte à ses quartiers du personnel.

Malgré le trou dans lequel il se trouvait, Jared devait rire.

S'avancer et prétendre être Mark — pure impulsion de sa part. Le gars faisait partie de la meute de Granite Lake, et se faire des blagues pratiques coïncidait avec l'ambiance du territoire.

Cette farce était la meilleure jusqu'à présent, d'autant plus qu'il avait vu Mark en lancer quelques-unes de trop hier soir. Jared paria que son ami était quelque part à Haines, face contre terre, bavant et ronflant, ignorant heureusement qu'il était en retard pour sa mission.

Jared se demanda ce que la meute avait choisi comme travail pour le mec. Il espérait quelque chose sale et méchant. Non pas qu'il ait été vindicatif ou quoi que ce soit, mais la dernière fois qu'ils s'étaient officiellement affrontés, Mark l'avait puni en lui facturant la nuit entière de nourriture et de boissons.

Jared se dirigea vers la porte. Fini le plaisir et les jeux. Peut-être même serait-il gentil et téléphonerait-il à Mark une fois arrivé sur les quais. Histoire de le réveiller un peu. Il passa la tête par la porte et s'arrêta net.

Chad jeta un coup d'œil de là où il se tenait en train de bavarder avec deux filles en uniformes de femmes de ménage, que Jared ne reconnut pas.

— Besoin de quelque chose ?

La suspicion teintait la voix de Chad.

Merde.

— Non. Je suis juste curieux. J'ai cru entendre un gros âne dans le couloir. Pas de souci...

Il retourna dans sa chambre et ferma la porte au son d'un rire féminin et des jurons de Chad.

Oh, oui, c'était une bonne chose que ce soit un concert de cris temporaire. Chad était beaucoup trop facile à taquiner.

Jared se dirigea vers la petite fenêtre et mit ses mains sur ses yeux pour filtrer la lumière de la pièce. Il jeta un coup d'œil, fasciné de voir les gens monter à bord du navire. Des sacs et des boîtes étaient sur une passerelle, et partout sur le quai, il y avait de l'excitation et de l'énergie.

Il libéra un énorme bâillement et s'étira paresseusement. Eh bien, c'en était assez. Il était plus que prêt à rentrer chez lui et à s'écraser pendant encore quelques heures. Cet après-midi, il se présenterait au Heritage Village. Peut-être qu'il ferait un peu de shopping avant...

*Quand vas-tu grandir ?*

La taquinerie de Maggie résonnait dans sa tête. Il se sentait un peu coupable que des gens qu'il admirait aient été complètement dupés par sa tromperie. Toutes les réponses les plus honnêtes qu'il aurait pu lui donner s'estompaient dans un bourbier déroutant, aggravé par cette excursion temporaire dans le monde des privilégiés.

Ce n'était pas sa première fois sur un bateau de croisière, et les souvenirs qui s'en dégageaient étaient à la fois attrayants et dérangeants. La frustration le fit revenir à sa stratégie d'adaptation habituelle, qui consistait à ignorer le problème.

Il jeta un autre coup d'œil par la porte, ravi de trouver le couloir vide. Jared siffla doucement, avançant et arpentant les couloirs pour trouver son chemin hors des entrailles du navire.

Un rapide coup d'œil à sa montre. Dix heures du matin. Il avait beaucoup de temps devant lui. Il pourrait même faire une sieste et jouer au billard avant de partir faire du bénévolat. Il monta une série d'escaliers, se faufilant à travers une foule croissante alors que des métamorphes en tenue de vacances remplissaient les couloirs.

Oui, cela avait été une diversion intéressante, mais il était temps de revenir dans le monde réel. Il avait choisi il y a des années une voie qui signifiait éviter tout contact avec les compagnies de croisière et les divertissements haut de gamme. Un style de vie simple, des gens ordinaires, tel était son destin.

Se mêler aux riches et aux célébrités était pour les autres loups, pas pour lui.

Keri s'aspergea le visage d'eau froide, mais le choc ne suffit pas. Elle tourna à fond les robinets de son lavabo puis passa toute sa tête sous le robinet ; l'eau glacée trempa ses cheveux et aspergea son cou.

Les lèvres scellées, elle retint son souffle et resta dessous aussi longtemps qu'elle le put, espérant que l'explosion glaciale emporterait une partie de sa frustration. Mais au moment où elle se traîna et enveloppa une serviette autour de sa tête, elle ne fut pas mieux lotie qu'avant. Au contraire, la démangeaison sauvage sous sa peau s'intensifia.

Peut-être pourrait-elle l'éviter pendant les dix jours de la croisière. Ensuite, elle lui sauterait dessus. Cela fonctionnerait.

Marc Weaver. Elle plissa le nez. Keri ne ferait rien à

partir d'un nom. La curiosité la frappa. Il y avait eu toute une fiche d'informations compilée sur chacun des membres du personnel. Chad avait les dossiers. C'était la première façon de découvrir ce qu'elle pouvait sur Mark — pour qu'elle puisse rester loin de lui, bien sûr.

Non pas qu'elle ne soit pas intéressée par son compagnon, mais jusqu'à la fin de cette croisière, elle n'avait pas le temps de se balader dans les couloirs avec lui.

Une vague de chaleur monta d'un côté et descendit de l'autre à cette pensée, et elle enroula étroitement ses deux bras autour de sa poitrine pour s'empêcher de se déshabiller et de gérer elle-même la douleur.

Elle se tint tristement au milieu de sa salle de bain, un lent goutte-à-goutte frappant le sol à cause de ses cheveux ruisselants, l'humidité suintant à travers ses vêtements, faisant coller le tissu à sa peau. Malgré l'eau glaciale, sa libido était toujours au maximum. Ses seins lui faisaient mal, son sexe était vide et son cœur battait une rumba-tango-fandango. Oui, ce n'était pas bon. Si elle ne trouvait pas rapidement une solution, elle traquerait Mark et le baiserait, peu importe où.

Elle enleva ses affaires humides, ignorant le désir de s'attarder sur sa peau extrêmement sensible. Un jean neuf, un T-shirt propre, ce n'était pas chic, mais elle n'était ni membre d'équipage ni passagère. Elle pouvait porter ce qu'elle voulait. Une paire de sneakers à ses pieds, et elle était partie.

Le tapis sous les pieds au niveau de la cabine exclusive était suffisamment épais pour que la femme s'enfonce à chaque pas. Se faire gâter en étant l'ami de l'organisateur ? Elle le prendrait. Sa cabine était bien plus grande que les taudis de l'équipage. Elle et Mark pourraient utiliser le lit king seize de sa cabine pour...

— Si ce n'est pas le plus beau loup du bateau.

Keri s'arrêta et regarda derrière elle.

Un rire sombre lui caressa les oreilles. *Oh, putain.* Tchad.

— Toi, chérie. Je parle de toi. Qu'est-ce qui t'a fait disparaître ? J'avais espéré te convaincre de vérifier ma cabine.

Il entra dans son espace personnel, sa poitrine solide à quelques centimètres d'elle.

Mince.

Ce n'était pas du tout inattendu. Ils se regardaient depuis des années. Chad avait été le meilleur ami du grand frère de Tessa tout au long du lycée, ce qui signifiait que Keri l'avait beaucoup vu. Maintenant qu'ils étaient au même endroit au même moment, tous deux soi-disant agents libres, devenir amants aurait été une progression assez logique.

Le grand loup sentait bon. Tous ces muscles saillants qui planaient à portée de main étaient fermes et savoureux et… rien. Sa libido n'enregistrait plus rien. Pas depuis qu'elle avait senti Mark.

— Salut, Tchad.

Elle se pressa plus fort contre le mur, essayant d'ouvrir un espace entre eux.

Ce dernier se pencha plus près, respirant profondément.

— Salut, Tchad ? C'est tout ce que j'obtiens ? Ce matin, lors de la réunion de l'état-major, j'aurais pu jurer que tu avais dit quelque chose comme « s'il te plaît, arrache-moi ma culotte avec tes dents et lèche-moi jusqu'à ce que je crie ».

Ses joues s'échauffèrent.

— Je n'ai pas dit ça.

— Pas avec des mots, reconnut-il. Mais je reconnais un regard qui signifie « tu veux baiser ? » quand j'en vois un.

Oh, frère. Oui, ce matin, c'était sans doute le cas, mais maintenant elle était à peu près sûre que ses signaux envoyaient un message différent.

— Connais-tu également les éléments clés d'un regard « avertissement, tu es sur le point de perdre tes sens » ?

Il fronça les sourcils puis leva les yeux, remua le nez pendant une seconde, puis haussa les épaules.

— Non, je suis sûr que je n'ai jamais vu celui-là de ma vie.

— Chad, puis-je te parler ?

Une voix féminine les interrompit.

Keri poussa un soupir de soulagement en se tournant vers la chef du service d'entretien ménager. Bon, il serait assez distrait pour qu'elle puisse juste... se faufiler...

Son autre main atterrit sur le mur à sa droite, bloquant efficacement sa voie d'évacuation.

— Est-ce une urgence, Eden ?

La femme aux cheveux noirs secoua la tête.

— Non, mais...

— Envoie-moi un email. Nous pourrons en discuter lors de la réunion du personnel cet après-midi.

— Mais...

— À plus tard, Eden.

Il la congédia sans un regard.

Eden partit, avec une expression indéchiffrable sur le visage. Keri se sentit étrangement piégée. Elle ne voulait pas s'interposer entre l'homme et son travail.

En y repensant, elle ne voulait pas s'interposer entre lui et quoi que ce soit.

Keri mit ses deux paumes sur son torse, se préparant à le

repousser quand il la prit au dépourvu et couvrit sa bouche de la sienne.

Elle vécut une expérience hors de son corps. Regardant d'un pied ou deux au-dessus du couloir alors que leurs lèvres s'entremêlèrent. Il s'écrasa contre elle, leurs hanches sur le point de fusionner.

Il était un surfeur bronzé magnifique. Jusqu'à il y a une heure, elle était entièrement d'accord pour l'avoir dans son lit tous les soirs, tout au long de la croisière.

À présent ? La chose la plus bruyante qui traversait son cerveau était un *étouffement*. Ses synapses réfléchissaient curieusement à ce que faisait Mark. Et il y avait la question de savoir si la première fois qu'ils le feraient, ils arriveraient jusqu'à un lit ? *Hum.* Si c'était Mark en face d'elle, elle saisirait ses hanches et...

— Hmm.

La lumière apparut alors qu'ils étaient interrompus une seconde fois. Chad recula de quelques centimètres pour regarder à leur gauche — *oh, merde* — c'était Mark.

— Désolé, je ne voulais pas vous interrompre.

Il passa une main dans ses cheveux noirs, les laissant dans une perfection indisciplinée.

Le temps s'arrêta.

... parce que c'était tout ce qu'il faisait.

Keri étouffa une protestation.

— Mais... tu... je suis... nous sommes...

Les deux hommes la regardèrent avec confusion.

*Super boulot, idiote. L'anglais est ta langue maternelle, oui ou non ?*

Chad lança un regard noir à Mark.

— Tu n'es pas censé être sur ce pont. C'est interdit à l'équipe de maintenance.

Mark fit une pause, puis leva un doigt et le secoua une fois.

— Oui. C'est vrai. Sauf que je me suis perdu. J'essayais d'aller sur le pont extérieur. Je cherchais juste une bouffée d'air frais avant de me mettre au travail.

Il regarda Keri. Son regard prédateur, hypnotisant et affamé, revint. C'était tout ce dont elle avait besoin en termes de préliminaires visuels. Elle soupira, serrant ses jambes l'une contre l'autre pour lutter contre le flot de désir sur le point de la faire flotter. Une main se leva involontairement dans sa direction.

Il lui prit les doigts et les serra.

Elle attendait qu'il les rassemble. Pour la traîner du côté de Chad. Pour la jeter au sol et la marquer sur-le-champ. Elle le ressentait si fortement... l'envie de s'accoupler. Le besoin de s'accoupler.

C'était comme si elle retenait son souffle, nageait sous l'eau depuis des années et se dirigeait maintenant vers la surface. L'urgence la poussait. Sur le point de briser la surface, sur le point d'aspirer l'air vivifiant...

Elle leva le menton, pencha la tête et offrit ses lèvres.

— Heureux de vous revoir. À plus tard.

Il lâcha sa main.

Il aurait aussi bien pu poser une main sur sa tête et l'immerger. Elle haleta, respira mal et avala de la salive. Une forte toux la prit.

— Hé, ça va ?

Chad lui tapota légèrement le dos, la confusion brouillant ses traits alors qu'elle se redressa, regardant Mark disparaître dans le couloir.

Il s'éloigna.

Il était... parti ? *Quoi ?*

— Je ne comprends pas.

Son corps lui faisait mal et son cerveau s'était engourdi.

— Ah, il n'est qu'un des aides embauchés. Tu n'auras plus à le revoir.

Chad prit son visage dans ses paumes et appuya à nouveau. Keri se crispa, elle avait la chair de poule. Ce n'était pas une bonne réaction.

Il frotta sa joue contre la sienne et ronronna.

— Hum, je peux te sentir.

Quoi ? Son esprit était si confus qu'elle n'eut aucune idée de ce que cela signifiait pendant un moment. Une idée lui vint, elle pencha son nez vers son aisselle et renifla.

Non. Ce n'était pas ça.

Keri crut comprendre ce qui se passait. Son compagnon était passé devant elle dans le couloir, ignorant le fait qu'elle était dans les bras d'un autre homme — encore une fois, elle se crispa à l'intérieur avec un *zut, zut, zut* — et l'avait quittée ?

Mark était-il complètement fou ?

Chad la pelota à nouveau, et son humeur changea. Elle le poussa assez violemment pour qu'il rebondisse contre le mur du fond.

— Waouh, d'accord. Donc, même si ton corps dit que tu es intéressée, tu vas jouer les dures à cuire ?

Chad hocha la tête et caressa pensivement son menton.

— Est-ce que c'est comme un jeu ?

— Ce n'est pas ça. Je ne suis pas...

Keri marqua une pause.

*Attends. Attends.* Pas de réactions instantanées au Tchad.

Elle avait besoin d'une stratégie d'adaptation. Elle devait y réfléchir. Son compagnon avait des problèmes évidents. Peut-être s'inquiétait-il de sa position. Peut-être qu'elle...

En fait, elle s'agrippait aux branches pour expliquer sa non-réaction, mais c'était possible.

Peut-être que Mark ne voulait pas qu'elle ait des ennuis avec le patron. Il pensait probablement que son travail était en jeu et que rompre avec le superviseur en chef ne le rendrait pas très heureux.

*Oh, quel gentleman !* Elle cligna des yeux, son cœur battant la chamade alors qu'elle envoyait toutes sortes de pensées aimantes en direction de Mark. Une petite vague de bonheur tourbillonnait à l'intérieur. Son compagnon était un homme merveilleux et perspicace.

Peut-être. Avec un peu de chance.

Elle se tourna vers Chad.

— Nous sommes sur le point de nous mettre en route. On en reparlera plus tard, d'accord ? Au revoir, alors.

Sprinter dans le couloir serait indigne, alors elle garda le contrôle et marcha très rapidement. Elle ne poursuivit pas Mark. Elle voulait un aperçu de plus, c'est tout. Peut-être en tirer quelques bonnes vibrations supplémentaires. La porte du pont s'ouvrit doucement et elle sortit.

Il se tenait à moins de dix pieds devant elle, la tête penchée vers la droite alors qu'il regardait le quai depuis leur niveau supérieur. Elle se figea, prise au dépourvu. Un petit pas à la fois, elle se dirigea vers la sécurité du surplomb où elle pouvait...

En une seconde, ils seraient face à face.

Toute sa confiance s'enfuit et ses pieds se tournèrent vers le haut. Elle se sentit comme le dessin animé Roadrunner, les jambes pédalant en cercles flous. La jeune femme par-dessus la plate-forme métallique alors qu'elle se hâtait pour disparaître.

Elle se précipita au coin et se faufila par une porte ouverte dans une salle d'équipement. Des tas de jeux de palets et d'autres jeux de pont étaient disposés sur des étagères et organisés dans des bacs soignés. Elle regarda la porte ouverte avec inquiétude, retenant son souffle. Lorsqu'il passa devant sans la voir, Keri eut un hoquet de soulagement.

Un geste rapide lui suffit pour saisir la porte et la refermer, s'enfermer dans la semi-obscurité de la pièce immaculée, la seule lumière se faufilant par deux petites fenêtres sur le mur du fond. Elle sauta sur le plus grand conteneur de stockage dans le coin et s'effondra. D'accord, cela ne se passait pas comme elle l'avait prévu.

— Génial, Smith. Tout simplement génial. Sors-toi de là !

Elle aurait peut-être réussi à éviter le choc, mais la question était de savoir comment gérer le fait d'avoir son compagnon à bord.

*Réfléchis. Réfléchis.*

La seule réponse fut une forte pulsation entre ses jambes, et Keri jura. Bon. Il semblait qu'il n'y aurait pas de réflexion jusqu'à ce qu'elle s'occupe de ce besoin bizarre qui brûlait dans ses veines. Elle tira sur son T-shirt avant de céder. Le tissu tomba dans un sens, son soutien-gorge dans l'autre. Elle s'occupa de l'urgence entre ses cuisses.

Ce n'était pas assez. Il n'y avait aucun moyen qu'elle puisse retourner là-bas et faire un travail positif sans devoir d'abord se défouler un peu. Elle déboutonna son jeans et y glissa ses doigts.

∼

La brune qu'il venait de croiser dans le hall ? Elle était son type — féminine, mais légèrement coquine. Lorsqu'ils s'aperçurent plus tôt dans les quartiers de l'équipage, il pensa qu'elle l'avait également examiné avec intérêt.

Mais Jared ne chassait personne. Il y avait des règles à respecter. Du genre garder ses couilles au chaud.

Et il se retrouva dans une impasse, aucun escalier ne menant au quai inaccessible d'où il se tenait. À moins qu'il ne veuille sauter par-dessus une autre balustrade — et le faire une fois par jour était son quota — il devait trouver un nouveau moyen de descendre.

Faire les cent pas sur le pont l'amena à une autre impasse, et il grogna de frustration. Il n'y avait personne dans les parages : il dut pénétrer dans une zone fermée. Jared recula avec l'intention de revenir sur ses pas dans le couloir. Il devait y avoir un moyen de sortir du labyrinthe. Il zyeuta vers la gauche et se figea dans son élan alors qu'une très belle paire de seins rebondissait vers lui.

Il cligna des yeux.

Ils rebondirent à nouveau, et Jared se rapprocha de la fenêtre encastrée dans le mur de métal et ferma la mâchoire. Quitter soudainement le vaisseau n'était plus aussi important qu'il y a quelques secondes. Il se cacha plus loin dans le coin, s'assurant d'avoir une vue dégagée à travers la minuscule fenêtre.

Sa mystérieuse femme était poitrine nue, penchée en arrière comme en offrande. Lorsque sa main atteignit son jean ouvert, il gifla sa propre main sur son aine en état de légitime défense.

S'il ne venait pas de la surprendre avec un autre gars, il aurait été pour l'aider à trouver une position plus confortable, de préférence sur sa langue.

Une forte brise se leva et il s'en détourna, faisant attention à ne pas obéir à son premier instinct qui était de presser son visage contre la vitre comme un chien haletant pour avoir une meilleure vue. Au lieu de cela, il se faufila jusqu'à la fenêtre suivante où il vers laquelle il se cacha. Peut-être n'avait-il pas vu âme qui vive depuis dix minutes, mais pas besoin de prendre de risque.

Son loup gronda, mais il abattit la bête. Le pauvre s'en prenait toujours à lui pour une raison ou une autre. Bien que cet aspect de sa nature soit constamment là, cela ne signifiait pas qu'il devait agir comme un animal.

Un faible gémissement traversa le mur, et le fait qu'ils étaient tous les deux des métamorphes le rendit soudain très heureux. Il se sentait à l'aise puisqu'elle ne s'en soucierait pas vraiment. Dans l'ensemble, le sexe était cool. Mais pas de tricherie — c'était motus et bouche cousue.

Regarder n'était pas tricher. C'était juste... admirer et prendre des notes. Au cas où il aurait une chance avec elle à l'avenir.

Heureusement, il était un génie de la rationalisation.

Elle glissa plus bas sur la plate-forme, ouvrant davantage son pantalon. Il regarda le tissu bouger contre sa main, les bruits qu'elle faisait le rendaient fou. Un gémissement. *Hum.* Il aimait les femmes qui faisaient du bruit au lit.

Un coup d'œil rapide l'assura qu'il n'y avait personne alentour, alors Jared sortit sa queue. Caché derrière un grand pilier, il était à l'abri des regards. Il n'y avait aucun moyen qu'il puisse résister à participer en catimini. Il caressa son membre, laissant son regard errer sur elle avec admiration. Sa peau était plus claire que la sienne, mais légèrement bronzée, les lignes de son haut de bikini se découpant clairement sur sa peau nue. Il y avait une légère dispersion de taches de rousseur, et il avait envie de lécher son chemin de l'une à l'autre, créant une mosaïque de plaisir sur tout son corps.

Un autre gémissement résonna dans ses oreilles alors qu'elle se cambrait, les mamelons pointés vers le ciel. Son rythme s'accéléra. Plus dur, plus rapide. Pleine mesure chaque fois alors que son poing entourait son érection d'une prise ferme. Son regard resta fixé sur son corps, sur la façon dont ses seins tremblaient alors qu'elle respirait de façon erratique ; sur la manière dont elle secouait la tête d'un côté à l'autre, ses halètements augmentant. Alors que sa passion augmenta, une impulsion à la base de ses bourses commença, battant un rythme assez fort pour l'assourdir.

— *Ahhh...*

Son cri le poussa à bout. Jared éjacula. Puis il recula d'un quart de pas pour s'appuyer sur le mur et le laisser le maintenir à la verticale, parce que merde, il devait se rappeler comment tenir debout.

— Douce miséricorde.

Le monde tourna.

Ils restèrent tous les deux immobiles pendant une bonne minute. S'il avait tenté de bouger plus tôt, Jared pensa qu'il aurait trébuché sur ses propres pieds et atterri sur ses fesses, la queue toujours hors de son jean.

Il s'essuya et sourit à la femme qui avait maintenant complètement glissé sur le dos, son halètement synchrone aux mouvements de balancement de son torse. Elle se redressa et souffla une grande bouffée d'air.

Elle enfila son soutien-gorge et réarrangea le reste de ses vêtements, se tournant juste assez pour qu'il ait une chance de repérer le magnifique encrage sur le bas de son dos. Merde, qu'est-ce qu'il ne donnerait pas pour pouvoir regarder de plus près ! Jared remit tout en place, amusé qu'ils soient si connectés — ils auraient pu avoir des relations sexuelles en même temps.

Mais, malheureusement, cela ne fut pas le cas. Il lui

lança un salut et se glissa hors de son alcôve cachée. Maintenant, il devait y aller, aussi amusant que l'intermède eût été. Il se promena sur le pont vers le couloir d'où il était sorti en premier, admirant les montagnes sur sa droite, la vue majestueuse passant rapidement alors qu'un vent fort soufflait sur son visage.

Jared s'arrêta brusquement et regarda ce qui l'entourait avec consternation. Les montagnes bougeaient, et cela ne venait pas de lui. Il courut jusqu'à la rambarde et s'y cramponna, sa poigne se resserrant au point de faire mal.

Il n'y avait pas de passerelle. Il n'y avait pas de quai. Rien d'autre que l'océan ouvert n'accueillait sa recherche effrénée.

Pendant qu'il était occupé à le faire, le navire avait quitté le port.

Il était piégé sur le bateau de croisière.

## 3

Keri descendit le couloir vers la grande salle de bal. La frustration sexuelle persistante planait autour d'elle comme un charognard. À un moment donné, elle devrait choisir entre le besoin douloureux et le désir fougueux, et le ciel aiderait quiconque se trouverait entre elle et Mark quand elle craquerait, car ce ne serait pas joli.

Dix jours. Elle pourrait sûrement tenir le coup pendant dix jours. Elle devait simplement l'éviter. Se tenir à l'écart de son parfum addictif. Si elle se concentrait suffisamment, elle pourrait le faire. Zut, elle avait entendu dire que d'autres avaient retardé leur désir d'accouplement pendant plus de dix jours.

Elle soupira. Le fait que les personnages de ces histoires étaient principalement des loups plus forts avait probablement aidé. Être au milieu de la meute était une sacrée épine dans le pied. Non seulement des loups plus puissants dans la hiérarchie pourraient la diriger, mais son propre corps le pourrait aussi.

Son loup se traîna à l'intérieur, presque... jubilant. Elle

gifla la bête, aussi loin de la surface que possible. Bien. Elle le ferait. Elle montrerait à la coquine lupus que l'humain avait des profondeurs cachées. Peut-être que son poignet lui ferait mal à force de se masturber, mais elle ne donnerait pas suite à l'accouplement simplement parce que son loup l'avait dit.

Pourtant, quel sale moche pour être prise au piège sur le bateau de croisière.

Elle se demanda quelles étaient les chances que la boutique de cadeaux ait une gamme de jouets sexuels en stock. C'était une croisière accueillant uniquement des métamorphes. Ils supposaient probablement qu'aucun jouet n'était nécessaire.

Son téléphone vibra et elle le sortit, se détendant en voyant apparaître le nom de Tessa.

— Quoi de neuf, bébé ?

Keri tourna le coin et se plaça contre le mur pour permettre à un groupe de voyageurs de passer devant elle.

— J'ai besoin d'aide. Il y a déjà des problèmes. Je suis foutue. C'est terrible. Je veux savoir si je peux arrêter maintenant et...

— Tu es debout ?

— Non.

— Pose le téléphone, fais dix sauts, puis fais le tour pendant que tu expliques ce qui ne va pas.

C'était la même chose à laquelle elle avait dû faire face à l'époque où elles étaient étudiantes. La raison pour laquelle Tessa pensait qu'elle devait faire avec sa nature de chat était au-delà de la compréhension.

L'odeur de la nourriture — pâtisseries cuites au four, chocolat et café — l'attira, et Keri se glissa dans l'un des restaurants ouverts vingt-quatre heures sur vingt-quatre. Il y aurait toujours de la nourriture disponible pour suivre leurs métabolismes, encore plus qu'à bord d'une navigation régulière. Elle regarda la longue file de nourriture offerte comme une tentation céleste.

Cela pourrait être sa grâce salvatrice pendant que son corps menait une guerre hormonale. Elle se gaverait constamment pour tenter de satisfaire une envie par une autre. Nourriture riche, sucrée et collante. Lécher le chocolat de ses doigts, miam, lécher le chocolat de Mark. Sur les muscles solides de son abdomen avant de se promener plus bas et...

génial. Tant pis pour la nourriture comme distraction. Elle était de nouveau excitée.

Son téléphone grésilla et la voix beaucoup plus guillerette de Tessa retentit.

— De retour. Merci pour le rappel. Hé, j'ai besoin que tu ailles escorter l'un des hommes de maintenance jusqu'à la suite des Fedoras. Ils ont des problèmes et veulent les régler, mais ne veulent pas n'importe qui. Je leur ai assuré que nous apporterions le plus grand soin à leur logement.

— Pas de problème. Tu veux que je rejoigne le gars en bas ou... ?

— Va directement à la suite. Chad distribue déjà les missions, donc le temps que tu arrives dans leurs chambres, la maintenance devrait t'attendre.

— S'il te plaît, peux-tu rester calme ?

— D'accord.

C'était trop tentant pour résister. Keri attrapa un éclair au chocolat avant de quitter le restaurant et de courir vers les ascenseurs de service. L'attente pour la cabine était meilleure parce qu'elle avait la riche explosion de saveurs, crémeuse et délicieuse, qui coulait dans sa gorge. Elle mit le dernier morceau dans sa bouche juste au moment où les portes s'ouvrirent.

Un groupe de membres du personnel sortit lorsqu'elle entra. Quelqu'un lui bouscula le coude et elle laissa tomber son téléphone portable. Les portes se fermèrent à sa droite alors qu'elle se baissait pour le ramasser et tomba nez à nez avec une paire de Crocs vert fluo. Un jean blanchi à la chaux, délavé aux bons endroits, attira son regard vers le haut, le patch usé légèrement à droite de son aine montrant un joli paquet ferme. Hmm, assez gros pour causer des problèmes, et c'était avant qu'il ne devienne dur.

Le tremblement de ses membres l'empêcha de se tenir debout. Il était presque impossible de continuer son lent balayage visuel au-delà de la ceinture du travailleur attachée autour de ses hanches, jusqu'aux boutons qui couraient sur le devant de sa chemise. Une. Deux. Trois... à l'endroit où le tissu s'ouvrait et un T-shirt bleu uni se montrait.

D'autres tremblements la secouèrent, comme si elle était au bord d'une crise. Elle savait pourquoi — il n'y avait aucun moyen qu'elle ne puisse pas le savoir, pas avec ce qu'elle sentait et ses mamelons qui durcissaient. Elle devait résister à l'envie de tendre la main et de déshabiller Mark ici et maintenant.

C'était la troisième fois qu'ils se rencontraient. S'ils étaient compagnons, il dirait sûrement quelque chose. Ferait quelque chose. Peut-être avait-elle tort ? Peut-être qu'elle avait atteint l'équivalent loup d'une surcharge hormonale et que tout était dans sa tête.

Tout ce qu'elle savait avec certitude, c'était que la balle était dans son camp. Pas question qu'elle fasse le premier pas ! À quel point serait-ce gênant de supposer que quelqu'un était votre compagnon et de se tromper ?

Keri fut soudain en proie à une jolie petite rêverie. Cela commença avec son coup de poing sur le bouton d'arrêt d'urgence, puis eux nus, elle qui hésita et se déplaça au ralenti assez longtemps pour qu'elle trouve sa queue et que cela se finisse avec eux deux hurlant d'un orgasme assez fort pour effrayer les dauphins sautant dans les vagues près de la proue du navire.

— Hé.

Son sourire était mortel.

Elle hocha rapidement la tête, sa mâchoire serrée pour s'empêcher de le supplier. Elle ne dit rien. C'était plus sûr. Vraiment. Sinon elle pourrait crier quelque chose de grossier et risqué.

Elle se tourna pour faire face aux portes de l'ascenseur, fixant son regard sur la fine ligne verticale qui les séparait comme si c'était le seul point sûr au monde.

Prendre de petites bouffées d'air par la bouche ne l'aidait pas — au lieu que son odeur arrive jusqu'à son cerveau, son goût se mélangeait au chocolat persistant sur sa langue.

Dans sa vision périphérique, ses beaux biceps durcirent et sa libido investit son ventre.

Marc toussa.

— J'espère que tu ne penses pas que je suis en avance, mais il y a quelque chose que nous devons faire.

Il se pencha plus près et elle retint son souffle.

*OhmonDieumonDieumonDieu.*

Son corps effleura brièvement le sien alors qu'il appuya sur l'un des boutons de l'ascenseur. Il recula et sourit.

— Ça fonctionne mieux si tu lui dis où aller.

La cage d'ascenseur montait lentement. La bouche de Keri était humide. Elle voulait parler, mais craignait que tout ce qu'elle dirait ne soit accompagné d'un jet de salive. Ce serait une façon tellement attrayante de commencer, n'est-ce pas ?

Son sourire s'estompa lentement alors que son menton s'inclina vers le bas. Un pli d'inquiétude barra son front. Elle déglutit difficilement, regrettant immédiatement l'action alors que sa saveur se précipita à nouveau en elle. Keri ferma les yeux et s'appuya contre le mur. *Ne touche pas. Ne touche pas.*

Un frôlement doux contre sa joue lui fit ouvrir les yeux. Ses phalanges frôlèrent sa peau avant qu'il ne recule et ne lui montre du chocolat noir sur le bout de ses doigts.

— Tu étais pressée, hein ?

Elle rassembla son courage et gifla son loup.

— Keri Smith.

Il hésita. Était-il aussi réticent qu'elle à établir le contact ? Pourtant, pourquoi le serait-il, sinon s'il essayait de la protéger ?

Puis il leva la main et lécha le chocolat de ses doigts. Le bourdonnement chaud dans son ventre glissa et arriva jusqu'à son clitoris. Elle pourrait porter un vibromasseur Rabbit connecté en ce moment, allumé à fond, que cela n'aurait pas autant d'effet.

Il essuya sa main sur sa chemise et enroula finalement ses doigts autour des siens.

— Jar... Mark Weaver. Nous nous sommes rencontrés dans la salle du personnel de l'équipage, non ?

— Tout à fait.

Elle le contempla, hypnotisée. Avec ses cheveux tirés en queue de cheval, ses beaux yeux sombres étaient au centre de la scène. Le brun crémeux clair de sa peau ramena ses pensées vers le chocolat. De mauvaises pensées coquines auxquelles elle ne voulait pas avoir à faire face en ce moment.

Quand elle se retira de ce territoire dangereux, il se demanda pourquoi il n'avait pas réagi. Elle était à deux doigts de le tirer d'un coup sec et d'enfoncer sa langue dans sa gorge.

~

Il était pris au piège. Elle ne lâchait pas. Son loup se manifestait si fort que Jared pensa qu'il pourrait se changer spontanément, et son étrangère intrigante ne voulait toujours pas lâcher ses doigts.

Il tira un peu plus fort. Elle haleta puis se redressa brusquement et détacha ses incroyables yeux verts de lui. Ses mains disparurent derrière elle comme un vilain enfant prit en flagrant délit les doigts dans la boîte à bonbons.

Merde, pourquoi devait-elle avoir un petit ami ? Elle était adorable et sexy, et son loup la trouvait fascinante. Tant à offrir, mais tant de barrières entre eux.

Les portes de l'ascenseur s'ouvrirent et il lui fit signe de sortir. Elle s'enfuit. Cela ne le dérangea pas. Cela signifiait qu'il devait regarder son cul alors qu'elle dévalait le tapis rouge. D'accord. Peut-être qu'il ne pouvait pas l'avoir, mais il pouvait quand même être gentil. Même les femmes avec des compagnons de lit aimaient être bien traitées, et être un gentleman pouvait être aussi amusant que d'avoir des relations sexuelles funky avec des singes.

Presque.

En quelque sorte.

Pas vraiment, mais bon.

Elle s'arrêta devant de doubles portes surdimensionnées, et il décida qu'il était temps de lui faire son numéro de charme.

— Donc, une des suites chics. Je parie qu'elle a plus de surface que mon espace deux par quatre.

Keri frappa avant de répondre.

— Probablement plus de place que la vôtre, la mienne et vingt logements du personnel additionnés ensemble.

Elle parla au sol. Il examina la zone à ses pieds. Rien ici. *D'accord...*

Il n'y eut pas non plus de réponse à son deuxième coup, alors elle sortit un laissez-passer de sa poche et les laissa entrer. Jared jeta un coup d'œil autour de lui avec appréciation. L'endroit était éclairé par la lumière du soleil.

— Mignon. J'adore les fenêtres. Je déteste les petites choses en bas. Je préfère installer un hamac sur le pont et dormir sous les escaliers plutôt que de rester coincé sur cette couchette bas de gamme.

Keri hocha la tête.

— Je te comprends. Ma chambre est mieux que la tienne, mais elle n'a rien de comparable.

Il attendit. Lorsqu'il s'était enregistré comme requis à onze heures, Chad l'informa qu'il faisait partie de l'équipe de maintenance, puis lui trouva à contrecœur une ceinture de travail lorsqu'il admit avoir « oublié » la sienne à la maison. Mis à part le soupir de dégoût de Chad, car il avait été mérité cette fois, il fut soulagé. Il devait continuer la mascarade jusqu'à ce qu'il trouve un moyen de quitter le navire, mais s'il s'avéra que sa compagne de meute avait été embauchée pour cuisiner, ou pire, pour divertir ? Jared n'aurait pas de chance.

Réparer les portes qui grincent, il pouvait le faire.

Mais Keri ne lui dit pas spécifiquement ce qu'il fallait faire. Elle alterna entre fixer le sol et lui jeter des coups d'œil furtifs.

Son loup gronda à nouveau lorsqu'il rencontra ses grands yeux écarquillés. *Oui, putain de bête, j'ai compris le message. Tu l'aimes. Couché, mon garçon.* Lui et son loup luttèrent pour la domination d'une manière qu'il n'avait jamais connue auparavant. Puis la partie sauvage à l'intérieur de lui se terra.

Être un loup n'avait jamais été aussi bizarre.

Il était temps de mettre les choses en route. Jared se frotta les mains.

— Qu'est-ce qui est à l'ordre du jour ?

Keri se mit au garde-à-vous.

— Oh, d'accord. Les robinets du lavabo de la salle de bain principale gouttent.

— Salle de bain principale ? Mec, maintenant je suis vraiment jaloux.

La suite continua indéfiniment, l'or scintillant et l'argent brillant contrastant avec les textiles somptueux. Keri ouvrit une porte et s'écarta. Jared se força à aller de l'autre côté de la porte pour éviter de frotter leurs corps l'un contre l'autre, même s'il aurait vraiment, vraiment aimé le faire.

— Tu essaies d'apprendre un nouveau métier ?

Il leva les yeux de sa clé. Ses joues étaient rouges et elle sembla avoir plus de mal à détourner le regard de lui.

— Quoi ?

Elle se secoua et cligna des yeux.

Respiration erratique, petits halètements s'échappant de ses lèvres. Elle enroula ses bras autour de sa taille, ses seins encadrés par ses bras. Ses doigts frottèrent sa peau au-dessus de sa ceinture, s'agitant. Même s'il n'avait pas vu son orgasme peu de temps avant, il aurait quand même reconnu les signes.

Elle était en feu.

— Je me demandais si tu étudiais pour apprendre un nouveau métier, tu sais, à quel point tu prenais des notes.

Elle bégaya puis s'éloigna de la porte.

— Je suis désolée, c'était impoli. Non, eh bien, je dois

garder un œil sur toi. Non pas que je ne te fasse pas confiance, mais la suite appartient aux Fedoras, et donc ils sont un peu sélectifs.

Jared siffla pour masquer son choc. *Oh, mauvaise nouvelle.*

— Fedoras ? Comme dans les loups-garous royaux britanniques Fedoras ?

— Oui. Ils voyagent avec quelques gardes du corps, mais sinon, tout est plutôt discret. Ils ont l'air très gentils.

Bien sûr. Bien pour tous ceux qui n'essayaient pas d'éviter de rencontrer des gens comme eux.

Toute cette affaire de croisière-piégeage s'améliorait de minute en minute. *Non.*

— C'est... super. Alors, on les verra sur le bateau ? Je veux dire, les gens normaux les verront, pas nous les esclaves cachés en arrière-plan.

Elle rit, un rire honnête, et une partie de la tension dans l'air disparut.

— Nous n'allons pas t'enchaîner au mur de ta chambre quand tu n'es pas de service. Arctic Wolf Cruise Lines est assez bon pour laisser le temps à l'équipage de profiter également de la vue. Nous sommes tous des métamorphes, nous comprenons la nécessité de s'amuser.

— Merci pour ça.

Il testa les robinets, les fermant et les rouvrant plusieurs fois en faisant semblant de s'assurer qu'il n'y avait plus de gouttes. En fait, il lui fallut beaucoup de force pour ne pas laisser échapper qu'il serait d'accord d'avoir des chaînes dans sa chambre si c'était elle qui les lui mettait.

*Concentre-toi.* Le travail. Ensuite, des nécessités impérieuses comme acheter des vêtements pour lui permettre de traverser cette farce. Seulement maintenant, il devrait éviter de rencontrer l'un des passagers lors de ses achats, au cas où. Quel bordel.

Il ramassa ses outils et pivota, s'arrêtant, confus, lorsqu'il découvrit que Keri regardait à nouveau, son visage tordu en une expression effrayée. Elle semblait si mal à l'aise avec lui.

Une pensée horrible le traversa.

— Ton petit ami, Chad...

— Mon petit ami ?

Elle cligna des yeux.

— Euh, oui, Chad. Qu'en est-il de lui ?

Jared bougea lentement. Il avait vu quelqu'un agir comme ça avant, un peu comme un lapin terrifié. Il prit sa main dans la sienne et enroula ses doigts autour de ses doigts froids.

— Il n'est pas du genre jaloux, n'est-ce pas ? Je veux dire, tu n'auras pas d'ennuis parce que tu es seule ici avec moi ? Parce que tu...

Elle semblait prête à tomber.

— Moi, quoi ?

*Tu n'as pas besoin d'être avec lui, je prendrai soin de toi*, éclata dans son cerveau, et il ferma la bouche avant que les mots ne puissent s'échapper.

C'était une louve adulte, avec un esprit qui lui était propre, mais il y avait des moments où même un loup pouvait se retrouver dans une situation dont il ne savait pas comment sortir.

— Je voulais juste que tu te souviennes que tu n'as pas à être avec quelqu'un qui ne te traite pas bien. Si tu rencontres des problèmes, tu peux toujours te rendre à l'Alpha le plus proche. À Haines, mon Alpha Keil est...

— Non, non attends, tu ne comprends pas.

Elle se ressaisit pour se calmer en un laps de temps incroyablement rapide.

— C'est très gentil de ta part, mais non. Je ne suis pas en difficulté. Et Chad ne me donne aucun souci, vraiment. Je veux dire... Elle plissa le nez. Rien que je ne puisse gérer.

Jared hocha lentement la tête.

— D'accord.

Keri recula et sourit vivement.

— Eh bien, prochaine réparation ? La porte du placard. Par ici.

Son ton guilleret forcé lui tapait sur les nerfs. Quoi qu'il se passe d'autre, cette tromperie à elle seule était un signe clair qu'elle ne lui disait pas toute la vérité.

Pourtant, il ne pouvait pas faire grand-chose en ce moment. Il la suivit rapidement dans la chambre. Son arrêt soudain vint bien plus tôt qu'il ne l'avait prévu, et il buta directement dans son dos.

Elle tomba en avant et Jared essaya de les sauver tous les deux. Il accrocha ses doigts à sa ceinture et ensemble ils se trouvèrent déséquilibrés pendant une fraction de seconde. C'était inutile, la gravité gagna. Ils se tordirent et atterrirent avec un léger grognement sur le lit. Keri fut coincée sous lui, et il sentit chaque centimètre de ses muscles lisses, son cul doux sous son aine. Il s'éloigna d'elle comme si elle était en feu.

Bon sang. La dernière chose dont elle avait besoin, si elle avait un crétin pour petit-ami, était d'avoir une étrange odeur de loup sur elle.

Il roula trop loin et se cogna contre la tête de lit. La bibliothèque intégrée complexe bascula vers l'avant, et des bijoux et des livres tombèrent sur lui.

— Merde. Je suis désolé.

Elle se précipita et ramena l'appareil à la verticale avant de l'aider à ramasser des objets.

— Ma faute. Je n'ai pas... je ne pensais pas.

— Là. Laisse-moi t'aider.

Il bougea pour remplacer les livres, mais elle secoua la tête.

— Ça ne va pas le faire. Laisse-le simplement en tas et j'expliquerai ce qui s'est passé.

Allait-elle avoir des ennuis à cause de lui ?

— Je vais l'expliquer. C'était de ma faute. Ne les laisse pas te virer pour ça, d'accord ?

Elle s'assit sur le bord du lit et sourit faiblement.

— Tu n'as pas à t'inquiéter que je sois virée. Mais si tu pouvais réparer la porte, s'il te plaît ? Je devrais continuer à faire autre chose.

Jared se dirigea penaud vers le placard. Quelle aide il faisait ! Lui donner plus de travail, en plus des problèmes auxquels elle devait faire face. Il ajusta la porte tout en la regardant du coin de l'œil alors qu'elle rangeait du mieux qu'elle pouvait. Tout son comportement criait que quelque chose n'allait pas. La façon dont elle n'arrêtait pas de lui jeter des coups d'œil — il jura alors qu'il allait veiller sur elle. Pas seulement parce que son loup l'exigeait, mais parce qu'il l'aimait bien. Elle avait du cran.

Et s'il se passait quelque chose de louche avec Chad...

Jared n'était peut-être pas le loup le plus fort, mais il ne voulait laisser personne souffrir. Surtout pas quelqu'un qui l'intéressait. Qui l'intéressait bien plus que cela ne semblait logique.

**4**

———

essa la traîna autour de la piste de course pour une autre boucle et Keri gémit.

— N'avons-nous pas encore fini ?

— Quelqu'un d'intelligent m'a dit de laisser sortir son chat en lui. Crois-moi, j'ai besoin de ça. Tu vas avoir besoin de ça.

Trois jours. Trois longues journées solitaires et tourmentées. Keri réussit à éviter tout contact direct avec lui, essayant même d'arrêter de penser à lui. La boutique de cadeaux n'avait pas de jouets, mais heureusement, la minuscule salle de bain de sa cabine avait une pomme de douche amovible qui lui évita de développer un problème de canal carpien. L'envie de s'accoupler se stabilisa en une pulsation constante, comme si tout son corps était une piqûre de moustique géante, frottée avec de l'herbe à puce puis saupoudrée de poudre à gratter.

Ce fut en fait beaucoup plus supportable qu'elle ne l'aurait cru.

Bien sûr, son niveau de concentration chuta. Elle réussit à éviter de donner des conseils trop bizarres, principalement parce que Tessa le fit pas mal et se mit au travail à plein régime. Elle n'eut pas une seule crise de panique au cours des dernières vingt-quatre heures, heureusement pour Keri. Résoudre les problèmes, en ce moment, nécessiterait plus de puissance mentale qu'elle ne pourrait en rassembler.

La surface sous leurs pieds défila sans à-coups, la semelle de leurs patins frappant la piste avec un claquement régulier, clac, clac. Le rythme régulier la calma et l'urgence sexuelle s'atténua suffisamment pour qu'elle puisse respirer à fond.

Tout autour d'eux, il y avait des signes que ce n'était pas une croisière typique en Alaska. Un grizzly géant passa lourdement à quatre pattes, deux couguars sprintèrent de l'autre côté de la piste, leur fourrure fauve floue en mouvement. Un grand cri de satisfaction s'éleva alors que l'un franchissait la ligne d'arrivée imaginaire à une longueur de corps devant l'autre.

Keri voulut sourire et s'imprégner de tout, pour profiter de la pure joie d'être un métamorphe. Si elle n'était pas si excitée, la vie serait merveilleuse.

Finalement, Tessa les conduisit vers les tapis d'étirement. À l'extérieur de la longue rangée de fenêtres du sol au plafond, les vagues de l'océan se brisaient contre le rivage des petites îles traversées par le navire. Le ciel était gris aujourd'hui, l'horizon et la surface de l'eau se mélangeant au loin pour donner l'illusion d'une voie navigable sans fin montant vers le ciel.

Keri tomba à terre et gémit alors que ses muscles tendus protestèrent contre la flexion.

— En ce moment, je te déteste, mais merci de m'avoir donné un coup de pied au cul. J'avais besoin de ça.

À côté d'elle, Tessa fit des redressements, l'un après l'autre, sa voix changeant à peine pendant qu'elle parlait.

— Tu pourrais avoir besoin de quelque chose de plus qu'une séance d'entraînement dans une minute. Ceci reste entre nous, mais il y a eu des problèmes.

— Quelque chose ne va pas ?

Cela ne pouvait pas être trop mal, puisque Tessa n'était pas tétanisée comme un chat jeté dans une piscine.

— Nous avons un voleur sur le bateau.

— Vraiment ?

Keri se tourna pour faire face à son amie.

— On a rapporté des choses manquantes ?

Tessa hocha la tête.

— Le premier couple a demandé « nous ne savons pas si nous l'avons égaré, pouvons-nous regarder dans les objets perdus et trouvés ? » Mais il y en a trop maintenant pour que ce soit une coïncidence.

Oh, c'était mauvais.

— Des gros trucs, des petits trucs ?

— Des objets de valeur faciles à saisir. Montres et bijoux laissés sur les comptoirs.

Keri regarda avec surprise son amie.

— Pourquoi tu ne me l'as pas dit plus tôt ?

Tessa se mit en position assise et sourit timidement.

— Tu veux dire pourquoi je n'ai pas paniqué plus tôt ?

En quelque sorte.

— Tu n'es pas inquiète ?

Un long soupir échappa à Tessa.

— Je suis plus qu'inquiète. Maintenant, je suis folle. Je ne te l'ai pas dit, car le conseil que tu m'as donné au début du voyage était juste. Je savais quoi faire. Je m'en suis occupé, j'ai calmé les gens et vérifié les systèmes habituels. Mais nous en sommes arrivés au point où nous devons savoir ce qui se passe ou il y aura des problèmes. Je ne veux pas qu'on se souvienne de cette croisière comme de celle avec le petit voleur.

Keri acquiesça.

— Eh bien, c'est bien pour toi de commencer fort, et je ferai ce que je peux. Tu as des soupçons ?

Un petit haussement d'épaules.

— Chad pensait que la seule similitude entre...

— Chad ?

Une autre personne qu'elle avait totalement évitée, parce qu'essayer d'expliquer son geste suffisait maintenant à déclencher un réflexe nauséeux

— Tu en as parlé à Chad ?

— C'est lui qui m'a signalé les premiers éléments. Le chef du service d'entretien ménager l'a assailli de nouvelles. Assez souvent pour qu'il ait ressenti le besoin de modifier son attitude arrogante et de me faire un rapport.

Tessa posa une main sur l'épaule de Keri.

— Je ne te cachais pas de secrets, certainement pas pour les partager avec Chad.

Une bouffée de chaleur parcourut le visage de Keri. C'était gênant.

— Ce n'est pas comme si tu devais me faire un rapport. Et toi et lui avez beaucoup en commun, après tout. Ami de la famille pour toujours, etc., etc.

— S'il te plaît. Penses-y. Moi et Chad ? Beurk. Il est le loup le plus canin que j'aie jamais rencontré.

— Hé, certaines filles ont un faible pour le meilleur ami de leur frère aîné.

Tessa plissa son visage dans une grimace des plus hideuses, et Keri éclata de rire.

— D'accord, oui, je sais que tu as déjà dit qu'il n'était pas ton genre.

— Tout à fait. En plus, je pensais que toi et lui vous

faisiez les yeux doux. As-tu trouvé quelqu'un d'autre qui t'occupe dans ta cabine pendant des heures ?

Keri ne pensait pas que son absence avait duré assez longtemps pour être remarquée. Heureusement que sa consommation excessive d'eau ne put pas être notée.

— Non, personne. Mais dis-m'en plus sur ce corbeau parmi nous. Quelle a été l'observation de Chad ?

Tessa s'approcha de la fenêtre et regarda dehors.

— Il se demande si quelqu'un de la maintenance pourrait être impliqué.

L'estomac de Keri rebondit dans sa gorge.

—Maintenance ? couina-t-elle.

— Jusqu'à présent, la plupart des signalements ont eu lieu après que l'un des membres de l'équipage soit allé faire un travail. Et Keri ?

Tessa plissa le nez en se retournant, les épaules appuyées contre la vitre.

— Les Fedoras ont demandé si tu avais repéré une broche lorsque tu étais dans leur suite l'autre jour. Ils ont remis en place les choses qui sont tombées lorsque la bibliothèque a changé de position, mais Mme Fedora a seulement remarqué aujourd'hui qu'elle ne retrouve pas sa broche en diamant et rubis.

La panique s'empara de Keri comme un verre de tequila pure, l'engourdissant alors même qu'elle lui déliait la langue.

—Je n'ai rien pris.

Tessa fronça les sourcils.

— Bien sûr que tu ne l'as pas fait. Mais nous devons comprendre. Je ne veux pas avoir à appeler la police à l'un de nos ports d'escale. C'est un problème métamorphe uniquement, et la compagnie de croisière n'a pas besoin de publicité négative.

Keri recula rapidement.

— Pas de soucis. Je veux dire, oui, des soucis, mais on peut gérer ça. Je veux dire, je vais essayer. Je veux dire...

Bafouillage. Pas bon signe.

Son amie haussa un sourcil, la méfiance sur son visage.

— Qu'est-ce que tu ne me dis pas ?

— Moi ? Rien. Tout va bien. Merci pour la course et, bon sang, regarde l'heure !

Keri fit claquer son poignet devant son visage.

Elle ne portait pas de montre.

Tessa renifla.

— Si je ne te connaissais pas mieux, je penserais que tu avais un rencard ou quelque chose comme ça. Tu agis vraiment bizarrement.

Si elle voulait s'en sortir sans que la curiosité légendaire du chat révèle plus d'un secret à la fois, Keri devait jouer les actrices.

— Désolée. Ce n'est rien...

Il était temps d'adopter une nouvelle tactique.

— ... mais puis-je dire à quel point je suis impressionnée ? C'est comme si tu étais un chat différent de celui qui m'a presque secouée ce premier jour. Je suis fière de toi de ne pas avoir paniqué.

— Merci, mais je ne sais pas si c'est parce que je me suis résignée à ce que le voyage soit un désastre et que je suis simplement dans le « peu importe », ou si j'ai atteint le nirvana et que j'ai juste confiance dans le fait que ça fonctionnera.

Keri désigna par la fenêtre la foule qui jouait et se détendait sur le pont en dessous d'eux. Il y avait des couples allongés sur des chaises longues, sirotant des boissons. Les gens faisaient du bowling. Un groupe de loups tapait le ballon tandis qu'une demi-douzaine de grands félins gisaient drapés sur des balustrades et dans des hamacs, leurs énormes pattes tremblant pendant leur sommeil.

— Cela ne me semble pas une catastrophe. On dirait que beaucoup de gens s'amusent, qu'ils sont ravis d'être ici. On s'occupera des vols, promis.

Tessa leva la main.

— Tu es la meilleure.

Keri rendit son salut habituel, faisant un énorme effort pour paraître guillerette et positive.

— Dis-moi ce que tu entends d'autre, d'accord ? Je vais prendre une douche. On se voit au souper ?

— On te garde une place.

Elles quittèrent la piste dans des directions opposées, Tessa vers son bureau, Keri soi-disant vers sa chambre. Mais à l'instant où elle tourna le coin hors de la vue de son amie, elle se retourna puis dévala une cage d'escalier latérale qui menait aux niveaux les plus bas du navire et aux quartiers de l'équipage.

Que faisait son compagnon ? Était-il vraiment un voleur ?

Elle fixa la porte de sa cabine pendant une minute entière, débattant de ce qu'elle était sur le point de faire. Ce n'était pas une introduction par effraction — elle avait l'autorisation complète d'accéder aux quartiers du personnel sur le navire. Cependant, le fait qu'elle entre parce qu'elle soupçonnait qu'il avait...

Non. Elle n'allait même pas y penser. Elle n'allait pas le faire. C'était déjà assez difficile de se demander comment ils allaient gérer tout le reste, comme où vivre et rencontrer la famille de l'autre, et quelle meute rejoindre, sans également devoir se demander si son compagnon avait l'habitude de passer du temps derrière les barreaux.

Keri rassembla son courage et frappa bruyamment.

Quand il n'y eut pas de réponse, elle utilisa sa carte d'accès et se glissa dans sa chambre.

Première impression — ses genoux faillirent céder alors que son odeur la frappait pleinement pour la première fois depuis des jours. L'effluve persistant lui mit l'eau à la bouche, et toutes ses convoitises surgirent avec un enthousiasme de lapin Duracell.

Elle s'accrocha au mur et ferma les yeux alors qu'elle reprenait le contrôle de son corps. Cette exploration de sa chambre était non seulement pour eux en tant que futurs partenaires, mais aussi pour Tessa. Si Mark volait, elle pourrait remplacer les objets dès que possible, et ils pourraient partir d'ici. Elle attacherait son cul au lit pendant toute la durée du voyage si elle le devait — et cette belle image mentale lui apporta plus de bouffées de chaleur — mais elle le garderait hors de prison et laisserait la croisière se terminer positivement.

Cela prit un moment, mais Keri se ressaisit. Étonnamment, ce fut son loup qui lui fournit la force dont elle avait besoin. La bête rongea son frein pour sortir, mais au lieu de la frustration, la sensation la plus forte fut l'approbation. Un sentiment de paix émana de la bête : elle était enveloppée de l'odeur de son compagnon. Keri expira lentement et son loup parut content pour la première fois depuis des jours.

Keri secoua la tête. Être un métamorphe était cool, mais déroutant. Le loup était elle, et elle était le loup, mais il y avait des moments où le côté lupus n'avait aucun sens pour le cerveau humain.

Un rapide coup d'œil dans la pièce ne montra rien d'inhabituel, alors Keri se déplaça pour explorer plus en profondeur. Elle ouvrit le placard, surprise de constater le peu de vêtements qui y étaient accrochés. Les Crocs verts qu'elle l'avait vu porter étaient par terre à côté d'un tout nouveau sac de sport. Le jean usé avec lequel il avait l'air si délicieux ce premier jour était accroché à côté d'une chemise. Une étiquette de prix de la boutique du navire pendait à la manche.

Il n'y avait rien d'autre. Pas de manteau, pas de vêtements supplémentaires. Keri ouvrit les tiroirs de la commode et trouva quelques piles de sous-vêtements, un paquet de chaussettes et un T-shirt, également étiquetés du magasin à bord. Le reçu était à côté d'eux, et elle regarda de plus près les articles en vente listés.

Un pantalon, une chemise, une paire de sneakers. Dentifrice et brosse à dents. Paquet de rasoirs. Shampoing et savon. Un sac de sport.

N'avait-il apporté rien d'autre sur le navire ?

Elle se souvint de l'homme qui courait sur le quai et se demanda une fois de plus si Mark aurait pu être lui. Mais pourquoi était-il resté sur le bateau ?

Le manque de vêtements était suspect, et pas de bijoux. Rien de caché, nulle part — avec si peu dans la pièce, les détails furent assez simples à déceler.

Il n'était pas le voleur, ou il avait caché les objets ailleurs. Quoi qu'il en soit, il se passait quelque chose de louche.

Keri regarda le lit avec envie. Les draps étaient froissés, sa tentative idiote de soulever les couvertures les laissant à la limite du désordre. Elle céda à ses désirs et abandonna ses chaussures. Son propre parfum était partout, donc il saurait déjà qu'elle était venue dans ses quartiers. Peut-être qu'un message clair suffirait à lui faire comprendre s'il était impliqué dans quelque chose d'illégal. Un message du genre « ne regarde pas maintenant, mais je te surveille ».

*Oh, conneries.* Elle n'essaya pas de transmettre un

avertissement, elle voulut juste rejoindre son lit pendant une minute pour se rendre folle. Elle rampa sous le drap du dessus et le passa par-dessus sa tête, s'enveloppant de son parfum comme un enfant plongeant dans une piscine. La démangeaison, la douleur, le besoin palpitant de son loup furent apaisés et excités en même temps. Elle avait besoin qu'il vienne la déshabiller. Enfouir son visage entre ses jambes et la lécher jusqu'à ce qu'elle hurle. Elle avait besoin de le sentir monter sur elle et la prendre, de sentir ses dents s'enfoncer dans sa chair alors qu'il la réclamait.

Keri laissa la sensation la submerger tandis qu'elle haletait de désir. Juste une minute, puis elle se retirerait et continuerait sa recherche du voleur.

Jared jura pendant qu'il essayait de se tortiller plus loin sous le lavabo. Des bateaux de croisière stupides avec leurs minuscules salles de bain. Des putains de bateaux de croisière stupides avec leur liste interminable de travaux d'entretien, dont il semblait avoir tous les travaux merdiques — et il savait exactement qui remercier pour cela.

Trois jours. Il était coincé sur ce navire depuis trois putains de jours, et jusqu'à présent, il n'avait eu aucune chance de s'échapper.

La première fois qu'ils arrivèrent au port, il fut nez à nez avec un autre couple de membres d'équipage en train de réparer les pompes de la piscine, ce qu'il sut heureusement comment réparer. Malheureusement, il fut le seul à savoir le faire. Ce n'était pas comme s'il pouvait abandonner les autres gars et fuir vers le rivage. Bien qu'il aurait été tentant de s'échapper et de réserver un retour à Haines sur un hors-bord — bon sang, il s'achèterait un bateau pour rentrer chez lui s'il le fallait — les autres à la maintenance étaient sur le bateau pour un vrai travail. Ils avaient besoin d'argent, et il n'allait pas leur faire perdre leur salaire si vital.

Son fichu complexe de martyr transforma cette excursion accidentelle en bien plus de travail qu'il n'en avait fait depuis des années. Sans compter qu'il s'était déjà mis Chad à dos...

Oui, la capacité de se faire des amis et d'influencer les gens, il l'avait. Ses parents l'avaient toujours averti que son sens de l'humour décalé allait lui causer des ennuis *un jour*, et il semblait qu'*un jour* était arrivé. Chad l'escorta personnellement jusqu'aux emplois les plus sales, et jubila : si Mark avait de la chance et travaillait dur, peut-être qu'un jour lui aussi pourrait faire partie de la classe supérieure et non des esclaves.

Jared voulait acheter le putain de bateau de croisière et le fourrer dans le cul de Chad et son côté classe.

Alors maintenant, ils en étaient au quatrième jour, presque à mi-chemin de la croisière, et il se demanda si cela valait même la peine d'essayer d'abandonner le navire. Le travail était nul, sa cafetière lui manquait, mais s'il partait, il y avait un autre souci à prendre en compte, impliquant également Chad.

Keri.

Il la regarda de loin quand il le put. Ce qui était effrayant, car tout sortait d'une certaine manière, et n'était pleinement son idée. Il était mal à l'aise à propos de Keri, et s'assurer qu'il n'y avait rien de mal avec Chad était important. Plus que cela, la traquer dans ses quelques moments libres était le seul moyen pour lui de rendre son loup assez heureux pour qu'il se repose. La créature insista pour qu'ils aillent trouver la femme. Peut-être, lui enlever quelques couches de vêtements de son corps. Mettre un vrai sourire sur son visage — et son loup parvint à rendre les images qui lui vinrent à l'esprit aussi concrètes que possible, ce qui fut un vrai coup en douce de la part de la bête.

Son loup voulait la femme, ou plus exactement le loup de la femme, un besoin presque obsédant.

Keri n'était pas contente. Quand elle souriait, cela n'atteignait jamais ses yeux. Et même s'il n'avait pas été là tout le temps, il en avait vu assez pour remarquer que les quelques fois où il l'avait observée, elle s'était éloignée de Chad comme s'il était un mauvais coup.

Avaient-ils eu une querelle d'amoureux ?

Jared ne faisait pas confiance au gars. Il semblait être du genre à s'en prendre à une fille pour obtenir ce qu'il voulait.

Il n'y avait plus qu'à attendre la suite du voyage. Au moins, il devait s'absenter — le programme le laissait libre pour le reste de la journée après avoir terminé ce travail. Même le maître esclave Chad ne pouvait pas changer le calendrier sans approbation et payer des heures supplémentaires. Ce que le connard ne ferait pas, parce que Jared soupçonnait que l'argent supplémentaire serait considéré comme une chose merveilleuse.

Jared tourna la clé un peu plus fort. Oui. Cet après-midi, il allait aller chercher un coin tranquille sur le pont et bronzer. Dormir. Peut-être, acheter une bière et se détendre...

Mais bien sûr ! Il allait plutôt prendre une douche, se branler, encore une fois, puis trouver Keri et essayer de la suivre en silence. De nouveau.

Obsédé. Ce n'était pas seulement la bête qui avait mal.

Il tourna le boulon une fois de plus, et le bras supérieur des tuyaux se brisa, de l'eau froide jaillissant partout. Un coup le frappa directement dans les yeux, et il saisit aveuglément le robinet pour faire stopper l'eau.

Au moment où il réussit à arrêter le jet, il était trempé, et son seul vêtement moyennement sec, son pantalon de travail, il l'utilisa pour éponger la flaque à ses pieds. Jared était assis tristement sur le sol, souhaitant avoir cinq ans et bouder. Sacré bateau de croisière. Maudits robinets.

Il rit. Pauvre bébé Jared. Il se sortit de sa déprime, essuya le sol et mit les choses en place du mieux qu'il put avant d'utiliser son talkie-walkie.

— Désolé, les gars, le tuyau principal s'est cassé. Quelqu'un doit apporter des pièces supplémentaires pour le remplacer.

L'un des membres de l'équipe avec laquelle il avait travaillé plus tôt répondit rapidement.

— Je peux le finir pour toi. C'est ton après-midi libre. Dans quelle pièce es-tu ?

Jared le lui dit puis baissa les yeux sur lui-même.

— Si je laisse mes affaires mouillées ici, peux-tu les prendre pour moi ?

Son collègue éclata de rire.

— Tu as fait du bon travail, n'est-ce pas ? Pas de soucis. Je vais apporter un chariot avec moi pour nettoyer. Je vais accrocher tes affaires dans la salle de bain de la salle du personnel.

— Génial. Je retourne dans mes quartiers pour des vêtements secs. Je ne pense pas que les passagers apprécieraient de me voir traîner avec des affaires dégoulinantes trempant les tapis sur mon chemin.

— Oui, ce serait difficile à expliquer à la direction.

Jared rangea ses affaires mouillées dans la baignoire avant de se transformer en loup. Il aurait probablement pu marcher nu dans les couloirs — la plupart des métamorphes se montraient plutôt cool avec ce genre de choses — mais il n'était pas sûr des règles exactes concernant l'équipage et les passagers, et à ce stade, ce n'était pas comme s'il voulait attirer davantage l'attention de sa direction. Marcher sous sa forme de loup ? Tout le monde n'y verrait que du feu.

Il saisit sa ceinture de travail dans sa bouche. C'était le seul objet qu'il ne pouvait pas se permettre de laisser derrière lui. Chad lui facturerait probablement le triple pour la remplacer si quelque chose manquait. Ce n'était pas l'argent ; c'était la jubilation que Jared ne supportait pas.

Il sortit de la pièce et trotta vers le bas, empruntant les escaliers, passant devant les restaurants et les salles de jeux. Quelque chose de merveilleux était en train d'être cuisiné pour le déjeuner, et il s'arrêta pour en apprécier l'odeur.

Hmmm. Vêtements secs, déjeuner, puis traque.

Avec tout son programme d'après-midi prévu, il reprit le trajet dans les profondeurs du navire et de sa cabine. La merveilleuse odeur du déjeuner s'estompa, pour être remplacée par quelque chose d'autre d'encore plus appétissant. Jared accéléra, les outils de sa ceinture tintant alors qu'il trotta en avant, suivant l'odeur la plus incroyable qu'il ait jamais sentie. Cela hérissait sa fourrure et toutes sortes de joyeuses petites phéromones prirent vie.

Chaque pas augmenta son besoin. Son empressement à découvrir ce qui était exactement devant lui le conduit proche de la course. Il ralentit juste assez pour empêcher les outils de se dégager de la ceinture à outils et de le frapper au visage.

Le parfum mena directement à la porte de sa cabine. Il se laissa tomber sur le sol et renifla prudemment. Un nuage de l'aphrodisiaque le plus puissant l'entoura, et il contint à peine son hurlement de joie.

*Sa compagne ?*

Cette odeur le tentant était-elle vraiment celle de sa compagne ?

Son côté loup rugit et le pressa de mettre son cul en marche. Il redevint humain, et sa capacité à sentir se coupa brusquement, comme d'habitude. Le manque d'apport olfactif sous cette forme lui permit de contrôler suffisamment ses mains pour extraire la carte de sa chambre de sa ceinture à outils.

Jared ouvrit la lourde porte et regarda les yeux écarquillés de Keri alors qu'elle était assise au milieu de son lit, emmêlée dans les draps.

**5**

Sa langue n'était pas là où elle était censée être.

Quand la porte commença à s'ouvrir, elle se redressa vite pour faire face à celui sur le point de la découvrir en train de faire des choses inexplicables dans le lit d'un membre d'équipage et elle eut l'impression de faire une crise cardiaque. Elle ouvrit la bouche pour crier, puis s'arrêta quand le visage désormais familier de son compagnon apparut.

Quelque chose était étrange. Son cerveau bouillonna jusqu'à ce que la compréhension s'installe enfin. Sa langue ? Elle avait dû l'avaler. Il y avait certainement quelque chose de coincé dans sa gorge tandis qu'il se tenait avec un bras gardant la porte ouverte, son corps nu dans l'ouverture, telle une œuvre d'art érotique.

Oh là, là.

Elle commença par fixer ses orteils et remonta. Il était encore mieux nu. Et *oh... mon Dieu*, elle apprécia tous ses muscles. Keri était scotchée par eux, en fait. Absorbée par la façon dont ses muscles de sa cuisse se bombaient alors qu'il entrait dans la pièce. Son regard glissa vers le haut, et cette satanée langue coincée dans sa gorge se mit à nouveau en travers de son chemin tandis qu'elle tentait de déglutir.

Une toux aiguë retentit au même moment où la porte se referma.

Elle était hypnotisée, fixant son aine.

*Oh là, oh là, oh là, là.*

Ses muscles se contractèrent à nouveau alors qu'il s'agenouilla, sa tête obstruant sa vision. Lorsque son sourire apparut, la constriction autour de sa gorge s'atténua légèrement.

— Salut.

Le mot grinça.

Son sourire s'élargit.

— C'est le genre de service de chambre dont j'avais envie. Mais si cela ne te dérange pas... j'ai une chose que je dois vérifier.

Elle le regarda confuse ; alors qu'il mit une ceinture à outils — *pourquoi est-il nu, mais porte une ceinture à outils ?* — sur la table d'appoint à côté du lit. Puis il se transforma en loup et sauta à côté d'elle.

Il était gris foncé, son corps mince avec de belles marques sur sa poitrine. Il frotta sa douce fourrure contre son bras, et elle bougea pour lui donner plus de place. Quand il colla son museau près de son oreille et prit une profonde inspiration, son propre loup frissonna.

À ce stade, elle ne se souciait pas de ce qu'il vérifiait tant que cela impliquait qu'il se retransforme bientôt et le fasse vite et fort. Toute idée de tenir plus longtemps fut jetée par le petit hublot. Il était son compagnon, elle était dans son lit, et au diable les conséquences. Tous les détails de ses préoccupations humaines s'évaporèrent, remplacés par une faim essentiellement animale.

Elle attrapa le bas de son T-shirt et l'enleva. Au moment

où elle se débarrassa de son jean, il se transforma, son sourire sexy remplacé par quelque chose entre l'étonnement et la faim violente.

— Tu es ma compagne.

L'émerveillement dans sa voix la fit sourire.

— Oui.

— Pourquoi tu ne me l'as pas dit ?

Il prit son visage dans ses mains, son pouce caressant sa joue.

Keri marqua une pause.

— Tu ne le savais pas ?

Son regard tomba sur sa bouche.

— Je le sais maintenant.

Il se pencha plus près, juste un tout petit peu, et le cœur de Keri se retourna. Le filet d'air de ses lèvres la frôla comme une aile de papillon pendant une fraction de seconde avant qu'ils n'entrent en contact.

Enfoncer un doigt dans une prise électrique serait désormais chose ennuyeuse. Non pas qu'elle joua souvent avec l'électricité, mais ces vieux dessins animés montrant chaque os mis en évidence quand... Elle perdit le fil de ses pensées lorsque sa langue glissa sur sa lèvre inférieure.

Elle fondit sur lui, leur bouche toujours en contact. Elle trembla de désir, mais il la plaqua avec son poids et la maintint en place, une main toujours sur sa joue. Il l'embrassa intensément.

Langue. Dents. Lèvres. Air. Tout ne fut qu'un enchevêtrement de sensations et de désir, et il n'y eut rien qu'elle souhaitât plus en ce moment que de l'embrasser pour toujours. Entre ses jambes, une forte douleur pulsa, mais même cela elle put l'ignorer pendant une minute, car embrasser son compagnon était différent de tout ce qu'elle avait connu auparavant.

Climax ? Ébats sexuels sauvages ? Elle était un loup et en avait eu sa dose au fil des ans, mais ces expériences s'estompèrent en une histoire à moitié oubliée, comme la lecture obligatoire de Moby Dick à l'école. Il s'agissait de quelqu'un qui poursuivait quelque chose et il y avait un harpon, mais le reste des détails était flou.

Il roula sur le dos et la traîna sur lui. Soudain, elle se souvint des *Notes de Coles* flippantes et tout eut un sens, en particulier le harpon. Un autre glissement de langue suivit. Ses doigts passèrent dans ses cheveux alors qu'il la tirait à sa guise.

Ses cuisses chevauchèrent sa taille, son érection solide contre son ventre, et les picotements devinrent plus forts. Keri posa une main de chaque côté de sa tête et écarta ses lèvres des siennes. La lumière dans ses yeux était divine.

— Salut.

Son regard tomba sur ses lèvres et il les dessina à nouveau.

— Tu as bon goût.

Un grognement retentit involontairement et son sourire s'élargit.

Oui, la douceur était sympa, mais elle voulait plus que quelque chose de sympa. Elle voulait des cris et des trépignements et...

Elle se pencha et l'embrassa dans le cou, et cette fois ce fut lui qui gronda. Elle le mordilla, et il redressa brusquement un pied, de puissants muscles abdominaux sous elle les tirant tous les deux à la verticale.

— Tu es prête pour ça ?

— Pour mon compagnon ?

Le cerveau de Keri ne fut attaché à rien d'autre qu'aux points sensuels de son corps.

— Il y a quelqu'un d'autre ? Tu t'inquiètes ?

— Non. Je suis à toi, tu es à moi. Je suis libre et clair, et j'ai bien plus de vingt et un ans, et si je ne suis pas en toi dans une trentaine de secondes, je vais mourir.

Il poursuivit en enfonçant ses dents dans son cou et en la maintenant en place pendant qu'il enlevait son soutien-gorge.

Trente secondes allaient être beaucoup trop longues.

— Je suis à toi. Je sais que tu pensais...

Oh putain, il déchira sa culotte à la hanche, et lui expliquer soudainement que Chad n'était pas vraiment son petit-ami glissa de l'ordre du jour et disparut plus rapidement que prévu.

Keri souleva ses hanches et son compagnon enfouit ses doigts dans son sexe. Quand il frôla son clitoris, comme s'il allait la faire venir en premier, elle prit les choses en main, saisit sa queue dressée et appuya sur la tête large entre ses plis.

— Argggh, ou quelque chose de proche s'échappa de ses lèvres.

Keri posa ses mains sur ses épaules et le regarda dans les yeux alors qu'elle s'enfonçait et qu'ils s'unirent.

Elle était pleine, étirée, s'élargissant pour remplir non seulement son corps, mais aussi pour envelopper son âme et la remplir là aussi. Ce fut une ruée et un frisson comme ça pouvait l'être avec des loups, et elle n'allait pas se plaindre que les choses se passaient trop vite. Elle se souleva et s'abaissa une fois avant qu'il ne l'entoure de ses bras et ne l'embrasse à nouveau follement.

S'IL NE LES ralentissait pas, il allait se déverser sur-le-champ. C'était assez grave qu'il soit pieds et poings liés, et ils avaient déjà des relations sexuelles. Il n'avait jamais pris une femme sans s'être assuré qu'elle éprouvait du plaisir, et c'était sa compagne.

Il couchait avec sa *compagne*.

Il fallait y aller lentement — c'était une bonne idée, mais la réalité de leurs loups et l'odeur persistante de la femme envahissant son cerveau le firent les rejeter. « Lentement » arriverait plus tard. Peut-être demain. Ou la semaine prochaine. La semaine prochaine, ce sera possible.

Pourtant, il devait faire face à la pression montante : la retourner et la pilonner sur le matelas ne serait pas la première fois romantique que la plupart des femmes veuillent. Il les fit bouger jusqu'à ce que ses pieds touchent le sol, embrassant sa joue, léchant son cou avant de prendre possession de sa bouche et de s'imprégner de son goût du mieux qu'il put.

Son manque d'odorat avait toujours été pénible, mais ça ? Mieux que ce à quoi il s'attendait. Elle se glissa en lui alors qu'il l'embrassait. Lentement, mais de façon insistante — submergeant son manque physique avec une puissance pure.

Il glissa ses mains entre leurs corps pour prendre ses seins, ses pouces capturant ses mamelons pour leur ordonner de se mettre au garde-à-vous avant de la pousser sur le dos. Keri s'arqua, et il couvrit un pic ferme avec sa bouche, puis l'autre. Sucer fort, lécher légèrement. Elle se tortilla et s'écrasa sur sa queue, son sexe l'enduisant de chaleur et d'humidité.

Peut-être que tout allait bien se passer.

Puis elle attrapa son oreille entre ses dents et mordit, et son esprit s'enfuit.

Il se leva, ses fesses dans ses mains. Elle enroula instinctivement ses jambes autour de lui, mais il ne lui fallut que deux pas pour trouver la porte et la presser contre. Elle s'accrocha à ses épaules quand il la souleva puis plongea profondément en elle.

La porte grinça et gémit presque aussi fort qu'eux.

— Oh, Mark, ça fait du bien.

Keri attrapa sa nuque et ramena sa bouche vers la sienne, et il oublia tout sauf de la baiser jusqu'à l'inconscience. Une poussée après l'autre suivit. Ils vivaient du sexe puissant. Mark ajusta légèrement son angle et elle couina quand il toucha son clitoris, et il sourit.

Et il le fit à nouveau.

Trois coups de plus et elle chanta de délectation avant de planter ses dents contre son épaule et de le mordre.

— Keri... oh, merde... oui.

Jared se battit pour une dernière poussée avant de céder à son apogée et de se vider.

Dans son esprit, des mots résonnèrent. Un ton féminin. Un ton féminin très satisfait. — *Oh, mon Dieu.*

Jared s'appuya lourdement contre elle et sourit. Incroyable.

— *Keri ?*

Elle se resserra sous lui, clouée au mur comme un papillon.

— *Est-ce que c'est toi ?*

La connexion de compagnon tourbillonnait autour d'eux. Quelque chose de plus que physique, quelque chose au-delà de ses rêves les plus fous. Jared se concentra aussi fort que possible, mais il y eut trop de choses qui se passèrent en même temps : déjà, il luttait pour rester à la verticale.

— *C'est moi. Donne-moi une minute.*

Le visage de Keri était enfoui dans son cou ; leurs cœurs

battaient toujours. Dieu merci, elle ne desserra pas l'étreinte mortelle de ses jambes, sinon il aurait pu la laisser tomber.

Une minute de plus l'amena au point où il put bouger. Il se leva, sa queue glissant de son corps. Il la ramena avec précaution jusqu'au lit et la posa sur les draps froissés. Rampant à côté d'elle, la regardant dans les yeux, voyant la rougeur sur ses joues — il se concentra sur ses lèvres, et elle les humidifia et regarda en arrière avec une expression heureuse.

Il essaya à nouveau le truc de parler dans son esprit que seuls les compagnons pouvaient faire.

— *Salut, mon amour.*

Son visage s'éclaira comme un lever de lune sur une montagne.

— *Salut. Es-tu heureux ?*

Jared éclata de rire.

— Je suis ravi. Je suis désolé de ne pas l'avoir su plus tôt. Tu as dû penser que j'étais un âne.

Ses doigts s'emmêlèrent dans ses cheveux. Elle secoua la tête.

— Je n'ai pas compris pourquoi tu ne me suivais pas partout. J'ai pensé que cela avait peut-être quelque chose à voir avec Chad.

Merde.

— Tu n'es pas... tu n'étais pas...

Sa réponse se précipita.

— Non. C'est un ami de la famille. Je suis à toi.

— Et je suis à toi.

Keri baissa les cils un instant.

— Situation typique du loup, cependant — nous avons des tonnes de choses à partager, comme les antécédents familiaux et tout. Non pas que je sois inquiète, parce que, je veux dire, nous sommes des loups. Je suppose que nous pouvons faire en sorte que les choses fonctionnent puisque cette équipe semble plutôt satisfaite en ce moment.

— Plus que satisfaite.

Jared était allongé à côté d'elle, son corps touchant le sien en autant de points que possible. Son loup jubilait, sacrée bête, mais il était trop faible pour s'en offenser.

— Et nous aurons une longue conversation agréable. Sur tout.

Y compris ce qui ne faisait pas de lui Mark, mais quelqu'un d'autre. Seulement, il ne pensait pas, amis ou non, que la conversation devrait avoir lieu quand il était nu.

Les louves avaient un trop bon sens de la justice. Il aimait un peu l'idée de pouvoir utiliser ses bourses un peu plus longtemps, maintenant qu'il l'avait trouvée.

— Et pourquoi pas après une douche ? Ensuite, je t'offrirai un déjeuner et nous pourrons parler de tout ce que tu voudras.

Jared passa un doigt sur son corps. Il ajusta sa position et cogna la table d'appoint assez fort pour que sa ceinture à outils tombe au sol. Il jura et se retourna, mais elle le devança, rampant au-dessus de lui et tendant la main vers le sol. Hum, sympa. Peut-être qu'ils ne devraient pas encore partir tout de suite...

— Cela semble merveilleux. On peut aller au... oh, merde.

Keri s'arrêta brusquement au milieu de sa phrase.

Il se recroquevilla à côté d'elle pour voir ce qui n'allait pas.

— Quel est le problème ?

Elle tenait sa ceinture à outils dans une main, suspendue juste au-dessus du sol, les yeux écarquillés par la panique.

— Ça va ? Qu'est-ce qui s'est passé ?

Il retira la ceinture de ses doigts et la laissa tomber sur le côté, contre le matelas. Il retourna rapidement ses mains.

— Tu t'es coupée ?

Elle déglutit difficilement avant qu'un sourire ne se dessine sur son visage. Un sourire maladif, forcé et contre nature.

— Je vais bien. Ça va. Tout va bien.

— Keri ?

Dans les trente dernières secondes, quelque chose avait terriblement mal tourné.

— Une douche. Une douche, c'est bien.

Elle sauta du lit et se dirigea vers l'endroit minuscule.

La déception qu'il ressentit alors qu'elle s'éloignait ne l'empêcha pas de remarquer l'incroyable tatouage sur le bas de son dos. Il adorerait vérifier cela de plus près — il avait prévu de jouer un peu plus avant de l'emmener sous la douche, mais avec son changement soudain d'humeur, il ne sut pas quoi faire.

Il la suivit jusqu'à la porte de la petite pièce. Elle avait ouvert le robinet et se tenait déjà sous le jet. Il y avait à peine de la place dans l'enclos sans porte pour elle, sans parler de lui à côté d'elle, alors il s'appuya sur le cadre de la porte et regarda tout son saoul, même s'il était intrigué par son soudain changement d'humeur.

Elle tourna son visage complètement sous l'eau, et il regarda l'eau couler sur sa peau, le long de la courbe de son cou et à l'endroit où il l'avait mordue. Il ne put s'empêcher de toucher l'endroit, ses doigts traçant légèrement la marque. Keri se tourna vers lui et son cœur se gonfla de... d'amour ?

Cette chose de compagnon était en eux en tant que métamorphes. Elle était une partie de lui maintenant, et le fait qu'elle soit tendue et contrariée par quelque chose, mais qu'elle ne le disait pas lui faisait mal. Il voulait, non, avait besoin, qu'elle soit heureuse.

Et même si ce n'était probablement pas le meilleur moment pour dire que sa présence sur le navire n'était pas autorisée, il y avait un autre problème qu'il pouvait résoudre assez rapidement.

— Keri ? Je suis content de t'avoir trouvée. Et je suis désolé de ne pas l'avoir su. J'ai un petit secret que tu dois entendre...

Ses yeux brillaient d'espoir et d'un peu de tristesse.

*Tristesse ?*

— Tu peux tout me dire, Mark. Je suis ta compagne et je promets de te soutenir envers et contre tout.

La pure détermination dans sa voix était curieuse, mais il était distrait par le truc Mark/Jared.

— Tu ne le dis à personne, hein ?

Elle haussa les épaules.

— Je ferai ce qu'il y a de mieux pour nous, pour toi, même si c'est difficile.

— Ce n'est pas vraiment ma faute, tu vois.

Jared passa une main dans ses cheveux et voulut se gifler pour avoir commencé cette conversation. Il était toujours nu et elle était en train de paniquer, et il parlait de ce qui n'était pas le problème le plus important qu'ils avaient ?

— Pas grave.

Keri attrapa ses mains dans les siennes. Elle le regarda droit dans les yeux et lui serra les doigts, l'eau rebondissant sur ses épaules et couvrant les siennes d'une fine brume.

— Je suis ta compagne. Et peu importe ce qui te trouble, je suis là pour t'aider à t'en sortir. Peu importe la raison, je ne t'abandonnerai pas.

D'accord...

Après son petit baratin de soutien, il était un peu déconcerté. Que pensait-elle qu'il allait partager ? Qu'il aimait se baigner dans du sang de loup Alpha à la pleine lune ?

— Je ne peux pas sentir.

Les mots jaillirent.

Sa mâchoire en tomba.

— Avec ma forme humaine. Je sens bien mon loup, c'est pourquoi j'ai finalement compris que nous étions compagnons.

Il repensa à toutes leurs rencontres et eut envie de se botter le cul.

— Tu as dû penser que j'étais un crétin. Je suis vraiment désolé.

Ses expressions changeantes étaient presque comiques. Choc, perplexité, une lueur de compréhension puis un sourire, même si celui-ci atteignit à peine ses yeux.

— Cela a beaucoup plus de sens maintenant. Je ne pensais pas que tu étais un con, même si j'étais confuse.

Elle jeta un coup d'œil aux murs qui la heurtaient presque de chaque côté.

— Tu sais quoi ? Allons dans ma suite. La douche est plus grande et nous pouvons parler aussi longtemps que nous en avons besoin.

Jared attrapa sa serviette et la tint, toute mouillée et glissante, alors qu'elle sortit et il voulut la sauter à nouveau à cette seconde. Il enroula le tissu autour d'elle, ses jointures effleurant le haut de ses seins alors qu'il rentrait les extrémités de la serviette.

Elle rit.

— Pourquoi ce soupir ?

— Est-ce que j'ai soupiré ? C'est l'effet que tu me fais.

— Douche-toi puis viens me trouver. Je dois prendre

quelques dispositions pour que nous puissions passer le reste de la journée ensemble.

La baisse involontaire de son regard sur son corps ne fit rien pour ralentir le flux sanguin vers sa queue. Il attrapa ses doigts et embrassa brièvement ses jointures, réussissant d'une manière ou d'une autre à ne pas la ramener dans ses bras.

— Je serai là dans quelques minutes.

Keri lui fit un clin d'œil avant de se détourner, et il fixa son cul et son tatouage avec délectation quand elle retourna à côté du lit et s'habilla.

Sa compagne. Il avait vraiment et incontestablement trouvé sa compagne.

Il entra à contrecœur dans la douche, son loup ricanant de joie.

— Oui, oui, tu sais tout, n'est-ce pas ? Alors, dis-moi comment expliquer pourquoi je suis sur ce vaisseau en premier lieu, murmura-t-il à la bête.

Selon le démon, c'était une préoccupation humaine et non la sienne. Le loup avait trouvé sa compagne, et tout irait bien.

**6**

_______

*S*a main trembla si fort qu'elle avait peur que la lourde broche ornée de bijoux posée sur sa paume ne tombe une fois de plus par terre. Keri enroula ses doigts sur la surface jusqu'à ce que les pierres précieuses pénètrent dans sa chair.

Le paradis et l'enfer, voilà ce que l'heure écoulée avait apporté. Être enfin avec son compagnon l'avait bouleversée. Le sexe était fabuleux et sa confession sur son absence d'odorat rendait compréhensibles les situations auparavant déroutantes.

Ce n'est que lorsqu'elle roula pour ramasser la ceinture à outils délogée et découvrit la broche gisant sur le sol que son cœur ne manqua pas seulement un battement, mais se ratatina et roula sous le lit, à côté des bijoux poussés à la hâte.

Les compagnons étaient choisis par leur côté loup. Ils devraient être exactement ce dont l'autre avait besoin, mais... avait-elle besoin d'un voleur ?

La preuve était là, indubitable.

Elle voulut crier. Elle était à l'agonie, confuse,

chagrinée. Peut-être avait-il une bonne raison, mais cela n'allait-il pas être l'une des conversations les plus difficiles de tous les temps ?

— As-tu des problèmes financiers ? Fais-tu partie d'un gang ? Que se passe-t-il ? Devrons-nous avoir des relations les jours de visite après que tu aies été arrêté et condamné pour vol ?

Elle était censée jouer le rôle d'expert — oh, mon Dieu, il y avait là aussi un problème. Qu'allait-elle dire à Tessa ? *Hé, pas de soucis, j'ai trouvé le voleur. Mais tu ne peux pas l'arrêter.*

Il devait y avoir un moyen de résoudre ce problème qui n'impliquait pas de visites conjugales en cellule toutes les deux semaines.

Elle rangea le bijou dans le tiroir de son bureau et prit un verre d'eau. Il était temps de réfléchir. Il la rejoindrait, ils discuteraient et elle parviendrait à lui soutirer le pourquoi de sa situation. Ensemble, ils résoudraient ce problème.

Tessa répondit à la première sonnerie.

— C'est à toi, crache le morceau.

Keri renifla malgré ses inquiétudes.

— Laisse tomber le Coca light, bébé.

Un grincement régulier, crack, crack, résonna en arrière-plan.

— Bien. Mais si tu me dis que je dois arrêter le chocolat, il y aura une discussion sérieuse entre mes ongles et ton corps.

— Oh non, je ne me mets pas entre un chat et son chocolat.

— Quoi de neuf ? À part ton poursuivant ?

— Haha.

Un petit pas, c'est tout ce qu'elle pouvait faire pour le

moment. Et le plus important était de traiter ses soupçons rapidement et discrètement.

Le fait qu'elle ait eu besoin de rouler son compagnon dans son lit et de ramper sur lui une douzaine de fois de plus avant d'être presque rassasiée était une tout autre affaire.

— Tessa, si ça ne te dérange pas, je prends le reste de la journée et je me cache.

*Crack, crack, crack.*

— Quelque chose ne va pas ? Tu te sens bien ?

Le bourdonnement de besoin entre ses jambes était un signal. Keri força sa bouche à en dire une autre.

— Je vais bien, mais j'ai besoin d'un peu de temps loin de la foule. Je serai de retour en forme demain. D'accord ?

— Bien sûr. Tu... Hé, tu veux que je dise à Chad que tu ne vas pas bien ou quoi ? Il est revenu ici il y a quelques minutes et a demandé où tu étais.

*Crack, crack, crack.*

Chad. Gag.

— Est-ce la raison pour laquelle tu restes plus longtemps sur le trampoline ?

— Oui. Il reste collé à mes basques, me surveille constamment. Je suis presque sûre qu'il n'a jamais été aussi à cheval avec mon frère. Oh, Keri, pourquoi ne puis-je pas être une fille normale et baver devant les amis de mon grand frère ? Au lieu de cela, Chad me sort par le nez, et chaque fois qu'il s'approche, je suis tellement tentée de lancer des balles pour voir s'il s'agite de l'envie de jouer à « va chercher ».

L'image de Chad ultracool tenant une balle dans sa bouche et assis au garde-à-vous fit éclater de rire Keri.

— Je déteste te dire que tu es normale. Chad n'est pas ton genre. Principalement parce qu'il est ennuyeux.

— Tu avais prévu de te le faire plus tôt. Je suppose que le plan a changé ?

— J'ai découvert d'autres intérêts.

— Oh, vraiment ?

Le couinement s'arrêta net, et Keri jura doucement de ne pas donner la moindre ouverture à la curiosité du chat. Tessa pouvait creuser et creuser et creuser sans une demi-chance.

— Keri, qu'est-ce que tu fais ? Ou devrais-je demander, avec qui le fais-tu ?

— Je te verrai demain matin.

— Ce n'est pas de refus.

Des rires joyeux s'élevèrent à l'autre bout du fil.

— J'attends un rapport complet, car si je ne l'obtiens pas, je devrai vivre par procuration à travers tes exploits sexuels.

— Tu as tout un navire rempli de métamorphes volontaires. Va trouver ton propre jouet pour jouer avec.

Tessa soupira longuement.

— Je ne peux pas. Faut être responsable. Tu reçois donc l'ordre de t'éclater suffisamment pour nous deux.

— Merci. Puis-je y aller maintenant, ou as-tu d'autres plans pour me faire cracher le morceau ?

— Il y a déjà des détails ?

*Oups.*

— Je raccroche. Au revoir.

Keri raccrocha avant de pouvoir faire plus de dégâts, mais au moins elle avait atteint son objectif. Elle avait l'après-midi et la soirée à passer non seulement à assouvir son corps avec son compagnon, mais aussi, espérons-le, à trouver comment gérer la situation désastreuse.

Bien que le désir obscurcissant son esprit la distrairait probablement pendant quelques heures d'abord.

J ARED PRIT une douche et s'habilla en trois minutes chrono et fut sur les talons de Keri. Son expression déterminée l'inquiéta beaucoup. Elle préparait quelque chose.

Même l'inquiétude qu'il ressentait le rendit heureux. C'était une toute nouvelle sensation, comme s'il l'avait dans la peau et qu'il devait l'aider. Il tourna le coin et agita ses bras en arrière pour éviter de percuter un couple.

— Excusez-moi.

Il s'appuya contre le mur pour leur permettre de passer, un homme dans un costume d'affaires extrêmement ajusté et une femme dans une robe qui annonçait un prix élevé. Il les reconnut en un clin d'œil.

Oh, merde.

Le hoquet ravi de la femme le fit se redresser et arborer son plus beau sourire malgré le gouffre de désespoir qui s'ouvrait sous ses pieds.

Le halètement se transforma en un rire de plaisir.

— Comme c'est merveilleux. Duncan, regarde qui est là. C'est Jared Gilliland.

— Que fais-tu, jeune homme ?

Jared accueillit les Fedoras avec un sentiment de terreur grandissant. Il n'y avait aucun moyen de s'en sortir, aucun moyen.

— Oui, monsieur. Juste un peu de vacances, et il ne semblait pas nécessaire de se déguiser. Comment allez-vous ?

Ils répondirent poliment pendant que Jared s'efforçait de trouver un moyen de détourner la situation. Les souvenirs le frappèrent avant qu'ils ne puissent poser d'autres questions embarrassantes sur sa présence sur le navire.

— Mes parents m'ont dit que vous cherchiez une propriété dans le sud de la France. Comment cela s'est-il terminé ?

La diversion fut la bonne réponse. Ils rayonnaient tous les deux et lui décrivaient la petite station balnéaire. « Petite » signifiant qu'il n'y avait probablement qu'une légion d'employés attendant les quelques membres de la famille qui visitaient les lieux.

Il avait passé toute sa vie à travailler pour éviter cette situation. Faire partie de l'élite n'était pas une chose horrible, ce n'était tout simplement pas son truc. Ses parents lui avaient permis de choisir sa propre direction au lieu de rester sous les feux de la rampe de la classe supérieure.

Et maintenant ? Pris au piège dans un couloir avec les chefs des loups-garous européens ? Une manière de rester sous couverture...

M. Fedora le regarda de haut en bas, son regard se plissant légèrement.

— Pourquoi ne t'ai-je pas vu à la salle à manger ? Pas une seule fois pendant tout le voyage.

Deux paires d'yeux le fixèrent et Jared se tortilla. Il espérait qu'on ne lui poserait pas une question directe à laquelle il ne voulait pas répondre. Mais encore une fois, s'il commençait par un itinéraire puis changeait de voie, ce serait pire. Dans les situations difficiles, il n'y avait qu'une chose à faire : dire la vérité et espérer que la poussière retomberait aux bons endroits.

— Je me suis glissé à bord avec rien d'autre que les vêtements que j'avais sur le dos et j'ai travaillé dur depuis parce que personne ne sait qui je suis et je ne veux vraiment le dire à personne et je viens de rencontrer ma compagne et...

Un long cri de joie s'échappa de Mme Fedora alors qu'elle saisit ses mains entre ses doigts.

— Ta compagne ! C'est merveilleux ! Tu dois nous la présenter.

— Chérie. Tu n'as pas entendu la partie où il dit qu'il voyage incognito ? Je doute qu'il veuille se faufiler dans les couloirs et annoncer qu'il est ici. Bien que je sois d'accord, nous devrions aider à célébrer.

Jared ferma la bouche d'un coup sec. La poussée d'adrénaline qui avait commencé juste au moment où il avait senti Keri n'avait pas ralenti, et il vibrait comme un cerf-volant dans un vent violent.

— D'accord. Secret. De plus, je n'ai pas eu l'occasion d'informer mes parents, et bien que je sois honoré, et Keri le sera aussi, j'apprécierais un peu plus de temps pour faire toutes les annonces dont je dois m'occuper.

— Nous pouvons garder des secrets. J'aime les secrets.

Oh, mon Dieu. Mme Fedora était bien trop concernée.

— Peut-être qu'une fois la croisière terminée...

— Je sais !

Elle frappa dans ses mains.

— Nous pouvons t'inviter à dîner avec nous, uniquement en tant que voisin de siège aléatoire. Tu sais, il y a eu des sièges vides à la table à quelques reprises. Cette charmante coordinatrice a dit que nous étions toujours les bienvenus pour avoir des invités. Je vais contacter Tessa et tu recevras une invitation. Je lui dirai que nous t'avons rencontré pendant quelques...

Elle s'arrêta et fronça les sourcils.

— Qu'est-ce que tu fais à bord, déjà ?

Jared cligna des yeux, sous le choc de la vitesse à laquelle ce train se déplaçait vers lui.

— Je travaille comme... assistant. Tâches générales d'entretien.

Mieux valait la jouer discret, en dépit de la renommée de ses parents.

M. Fedora ne le croyait pas, il le voyait bien. Le long sourcil aristocratique se souleva, et Jared recourut à sa dernière cartouche.

— J'adorerais me joindre à vous pour le dîner, seulement il faut que ce soit déguisé. Même si les métamorphes ne sont généralement pas si avides de publicité que les humains, je détesterais que vos vacances soient gâchées par quelqu'un qui décide que nous voir tous ensemble mérite un coup d'État international à venir.

Le loup Alpha le plus puissant d'Angleterre rit doucement.

— À faire tes vieilles frasques, n'est-ce pas Jared ? Causer des ennuis, capturer le cœur de toutes les filles comme ton père nous en a parlé ?

— Plus maintenant, monsieur, plus maintenant que j'ai une compagne.

Le simple fait de dire ces mots donna à Jared un frisson qui arrêta sa panique.

— Si vous envoyiez l'invitation à Mark Weaver et disiez que je suis un membre d'équipage que vous venez de rencontrer, j'apprécierais beaucoup.

Un peu plus de taquineries suivirent avant que Jared ne parvienne à s'échapper avec la promesse qu'ils lanceraient l'invitation pour la salle à manger au nom de Mark. Il regarda les amis de sa famille s'éloigner, le duo de sécurité les suivant à une distance discrète, mais toujours visible.

Il poussa un long soupir. Génial. La liste des problèmes s'allongeait. Maintenant, il avait une compagne bouleversée et une royauté à gérer. Sans oublier qu'il devait téléphoner à ses parents au plus vite, si la nouvelle arrivait qu'il avait trouvé sa compagne avant de le leur annoncer, cela lui coûterait cher.

Jared courut dans le couloir vers la chambre de Keri et se demanda quand il allait avoir la chance d'arrêter de courir et de commencer à se détendre. Il resta dehors et attendit, la main près de la porte. Il hésita.

Malgré son manque d'odorat, il savait que Keri était de l'autre côté. Et plus que ça, elle était bouleversée par quelque chose, et il mourait intérieurement à cause de ça. Il changea d'avis et ouvrit la porte d'un coup, lui arrachant un autre hoquet alors qu'elle se retournait de surprise pour lui faire face.

— Tu dois arrêter de me faire peur comme ça, se plaignit-elle.

Malgré ou peut-être à cause de la tension, Jared pensa que c'était à peu près la chose la plus drôle qu'il ait entendue de toute la journée.

— Comment veux-tu que je te fasse peur ?

Elle renifla, il rit, et une partie de la tension disparut.

Elle se glissa dans ses bras et posa sa tête sur son torse.

— *Je ne peux pas croire que tu sois ici.*

— Je n'arrive pas à croire que tu ne m'aies pas frappé sur la tête plus tôt.

Il caressa les mèches humides de ses cheveux par-dessus ses épaules. Elle avait enfilé un chemisier doux qui ressemblait à du velours brossé sous ses doigts, mais ses cheveux et sa peau étaient encore plus doux.

— *Je suis content que nous nous soyons trouvés.*

— *Moi aussi.*

Keri pressa ses lèvres contre son cou, et il saisit ses poignets pour l'empêcher de se rapprocher.

— Nous devons parler, et je veux déjà te manger tout

cru. Il ne faut pas se toucher ou faire quoi que ce soit qui pourrait être interprété comme sexuellement attrayant.

C'était une proposition perdante. Son expression sérieuse, ses lèvres faisant la moue — il voulait la laisser tomber par terre et y aller toute la nuit.

*Plus tard, plus tard, plus tard,* lui rappela son esprit.

*Bientôt, bientôt, bientôt,* répondit son corps explosant.

Elle le lâcha et le conduisit vers le coin salon.

— Tu as beaucoup plus de place que moi. Dis-moi encore quel est ton travail sur le bateau ?

Toutes ses bonnes intentions de garder tout cela platonique s'évanouirent rapidement. Il ne pouvait pas rester à l'écart et joignit leurs doigts pendant qu'elle parlait de Tessa et de leur amitié. Lorsque son flux d'informations se réduit à néant, il se prépara. Elle battit des cils.

— Et toi ? Tu avais quelque chose à me dire ?

Rien que la façon dont elle l'avait dit le fit frissonner. Comme si elle se moquait de lui en toute conscience.

— Est-ce que cela fait partie d'un truc bizarre avec un compagnon ? Genre, je ne pourrai jamais avoir de secret pour toi ? Je pense que tu peux avoir des secrets, mais je saurai que tu les as. Ce qui veut dire que tu peux tout aussi bien céder et tout me dire. Parce qu'alors, nous serons ensemble.

—

Jared soupira.

— Je ne voulais rien dire de mal par-là.

Ses doigts se resserrèrent autour des siens, et ses yeux furent compatissants.

— Parfois, il se passe des choses que nous n'avons pas l'intention de faire.

Son soulagement augmenta légèrement alors qu'il

considéra avoir évité la terrible possibilité qu'elle se mette en colère à cause de sa tromperie.

— C'est vrai. C'est comme si une chose en amenait une autre, puis une autre et avant que je ne m'en rende compte, pouf, j'étais sur le bateau et je ne savais pas comment gérer la situation.

Keri hocha lentement la tête, mais ne parla pas.

Zut. Il souhaita qu'elle puisse réellement lire dans ses pensées. Ce serait plus facile que d'avouer. L'avantage d'en finir maintenant ? Il n'aurait plus à l'écouter l'appeler par le mauvais nom pendant les rapports sexuels, parce que cela lui avait vraiment fichu les boules.

— Je ne suis pas Marc.

Le contact visuel resta, mais le sourire compréhensif collé sur son visage s'estompa un peu. Ses lèvres se contractèrent.

— Quoi ?

D'accord, comme aveu, sans parler d'explication, celui-là avait vraiment été nul. Jared plissa le nez et réessaya.

— Quand je suis arrivé sur ce bateau et que j'ai dit que j'étais Mark ? J'ai menti. J'étais...

Heureusement qu'elle était métamorphe et qu'elle était censée être cool à propos du sexe, mais quand même... Il déglutit difficilement et cracha le reste précipitamment.

— Je fuyais la famille d'une amoureuse et le navire semblait un bon endroit pour se cacher. Ensuite, Chad m'a coincé et j'ai dit oui, j'étais Mark, et...

— Tu me dis que ta grande confession est que tu ne fais pas partie du personnel officiellement embauché ?

Elle se tortilla, le sillon entre ses sourcils s'approfondissant.

Le silence résonna.

— Euh, oui ?

— C'est ça ?

Jared trembla un instant. La déception inattendue dans sa voix était plus qu'un peu déroutante.

— Ce n'est pas assez ? Je me suis fait passer pour l'un de mes compagnons de meute. Je pense qu'il était peut-être ivre et...

Il bégaya. Elle avait un sourcil levé si haut qu'il craignait qu'elle eut une crampe. Jared glissa ses mains autour de son torse et la tira sur ses genoux. Il enfouit son visage dans son cou et inspira profondément. Seul le plus faible des parfums l'atteignit, mais avec son goût encore frais dans son esprit, et cette sensation chatouillant l'arrière de sa colonne vertébrale, il était content même si tout n'était pas encore compris.

Il la serra jusqu'à ce que la tension se relâche, ses épaules s'affaissant, son corps se rapprochant de lui. Sa respiration s'accéléra et son corps réagit à chaque soubresaut.

Quand il tourna la tête vers la sienne, leurs lèvres se rencontrèrent. Lentement, simplement, puis de plus en plus fort. L'attirance de leurs loups était trop difficile à ignorer, et toute autre discussion devrait être mise de côté pendant un certain temps. Il l'emmena sur le matelas et les installa pour une longue séance d'amour.

## 7

Keri s'étala sur le dos, un pied au bord du lit. Elle avait collé un oreiller sur son visage pour empêcher la lumière qui se faufilait par la petite fenêtre à bâbord de la gêner. Elle était entièrement satisfaite. Détendue, amorphe. Elle envisagea de se retourner et de regarder dans la pièce, mais elle n'avait même pas l'énergie de le faire.

Mark, non, Jared — son compagnon — avait commencé par une lente séduction de son corps qui avait duré des heures. Accélération, ralentissement. Ils avaient essentiellement investi la pièce et le bain avant la de mordre son cou pour s'empêcher de crier pendant son orgasme.

Il n'y avait aucun doute sur le lien physique entre eux. Peut-être que quelques loups plus hauts dans la hiérarchie auraient pu retenir leur côté animal pour aller se concentrer sur les discussions qu'ils devaient avoir. Leurs loups étaient plus forts que leur côté humain quand ils voulaient quelque chose, et ils avaient tous les deux très envie de leurs compagnons.

Elle remua ses doigts sur le matelas à la recherche de

son corps chaud. Sa bête intérieure remuait avec plus de curiosité que de désir, et Keri était à la fois heureuse et triste. Ce n'était pas tous les jours qu'une fille s'accouplait, mais ils devraient vraiment faire autre chose que presque brûler les draps. Ce serait bien si le côté animal leur permettait de souffler un peu.

Sa main ne trouva rien — pas même une marque chaude sur les draps vides — et elle écarta l'oreiller de son visage tout en roulant sur le côté et en fouillant la pièce du regard.

Il y avait une note posée à côté d'elle et elle l'attrapa, s'effondrant alors que les muscles de son estomac protestaient. Hmm, ce petit cow-boy l'avait plus usée qu'elle ne le pensait.

Elle leva les yeux au ciel. Ses lettres étaient fortes et audacieuses et définitivement masculines.

*Hum, masculines.*

Elle réprima son husky intérieur pour se concentrer sur les mots.

*Salut, mon amour.*

*Mon téléphone a sonné pendant que tu dormais encore comme un ange, alors je suis allé chercher quelques trucs. Nous avons été invités à dîner. Je dois y aller, je t'expliquerai plus tard, mais en attendant, repose-toi. Nous avons beaucoup de choses à nous dire.*

*À propos, quand tu es endormie, tu as l'air délicieux.*
*Jared*

Keri se dirigea vers la salle de bain pour se tremper la tête et se réveiller complètement. L'horloge au-dessus de la commode indiquait qu'il était déjà cinq heures de l'après-midi, et le premier service du dîner était à six heures.

Une invitation à dîner qu'ils devaient honorer ? Sa confusion revint au galop. Elle espérait vraiment que cela n'avait rien à voir avec les bijoux volés. Oh, mon Dieu, elle ne supporterait pas de l'avoir rencontré et de le perdre aussitôt.

Toutes sortes de scénarios se bousculaient dans sa tête. Lui, victime de chantage pour voler. Lui en tant que chef d'une foule de métamorphes qui avait infiltré des événements réservés aux métamorphes et...

— Arghhhhh.

Elle se frotta les cheveux pour tenter de se débarrasser de ses pensées néfastes.

La serviette couvrant sa tête dut masquer le bruit de la porte, car la prochaine chose dont elle fut consciente fut une paire de mains douces qui l'aidèrent à sécher ses longs cheveux. Jared fit glisser la serviette et la lumière illumina sa forte mâchoire et ses magnifiques yeux bruns.

— Hé. Ça va ?

Ces yeux... cela ne pouvait pas être les yeux d'un criminel. Ce serait une honte. Instinctivement, elle s'appuya contre son corps et accepta son étreinte. Pas un mot jusqu'au moment opportun.

— Salut. Sommeil léger ?

— Ce n'est que lorsqu'il y a cette femme vraiment sexy serrée contre moi si fort...

Keri gémit de douleur à cause d'une crampe au ventre.

— Pas juste. Ta note disait de manger, de ne pas ramper l'un sur l'autre pendant encore quatre heures.

— C'est plutôt un moment mal choisi, n'est-ce pas ? On ne peut rien y faire. Nous devrons travailler ensemble pour convaincre nos loups d'agir poliment pendant quelques heures pendant que nous dînons, puis je te promets que nous pourrons revenir ici et continuer jusqu'à ce que tu ne supportes plus que je t'amène à un autre point culminant.

Un autre gémissement s'échappa alors qu'elle

s'imaginait retourner dans la pièce.

— Il faut changer de sujet. Cela n'aide pas.

Il posa ses lèvres sur les siennes, lui volant un baiser avant de reculer et d'acquiescer solennellement.

— Il faut une diversion. Je suis d'accord.

Il avait en main un plan de disposition des sièges de croisière pour la salle à manger de première classe. Les métamorphes avaient des hiérarchies au-dessus des hiérarchies. La meute moyenne pouvait être très détendue à propos de certaines choses, comme le sexe, mais vous ne franchissiez pas une ligne sans y être invité, et l'argent et le pouvoir allaient souvent de pair.

— Jared ? Où les as-tu trouvés ?

— Je t'ai dit que nous avions des invitations pour le dîner.

Il détourna les yeux pendant un bref instant puis revint pour croiser son regard avec un sourire.

— L'une des familles de la classe supérieure avait de la place à sa table, et j'ai entendu dire qu'ils invitaient des gens à se joindre à eux — de la bienveillance envers les masses, je suppose.

Keri ouvrit le carton d'invitation doré avec des doigts tremblants. Il y avait son nom écrit en écriture fantaisie, l'heure du service de sept heures et l'écusson officiel des Fedoras dans le sceau de cire.

Ce qu'elle voulait faire, c'était jeter un coup d'œil au tiroir où elle avait rangé la broche — la broche au coût exorbitant qui, elle en était à peu près sûre, appartenait aux Fedoras. Mais révéler le fait qu'elle savait que quelque chose se tramait ne résoudrait pas le problème.

Comme une tornade miniature, une anxiété primitive soudaine s'abattit sur elle.

C'était ennuyeux que la première chose qui l'ait

vraiment fait paniquer n'ait rien à voir avec les vols.

— Je n'ai rien...

— ... à mettre ?

— Si tu me permets de résoudre ce problème, je nous ai acheté quelques trucs au magasin. Ils avaient ta taille dans le dossier de la liste du personnel. S'il te plaît, ne dis pas non. C'est mon... cadeau d'accouplement pour toi.

Il pointa son doigt vers la droite et, pour la première fois, elle remarqua les cintres accrochés au-dessus de l'applique murale. Quelque chose de sombre était accroché au mur — une veste de costume, peut-être. Mais devant, il y avait une robe rouge scintillante qui la fit haleter de surprise et de consternation.

— Oh, Jared. Comment as-tu... ?

Il la prit contre lui et embrassa ses protestations. C'était un peu ennuyeux, et pourtant comment pouvait-elle objecter quand sa bouche disait le contraire ?

Il s'éloigna lentement, comme s'il jaugeait pour voir si les plaintes allaient de nouveau affluer.

— Je veux que tu te sentes à l'aise ce soir. Je sais que c'est juste un truc de vêtements pour se déguiser. Mais tu es si belle, je devais te trouver quelque chose qui était presque aussi joli que toi.

— Diable à la langue d'argent...

Keri sourit. Ce n'était pas ses jeans et ses T-shirts miteux, mais elle ne voulait plus être une rebelle pour le plaisir de la rébellion — elle l'avait surmonté à l'adolescence.

Il posa une main sur le bas de son dos, la dirigeant vers les vêtements. Sa paume chauffa sa chair.

Les contradictions faisaient rage en elle, c'était un champ de bataille émotionnel.

Elle fit glisser ses doigts le long du tissu. Un frisson la

parcourut à la vue du tissu. Elle aimait qu'on s'occupe d'elle — et porter cette robe permettrait de réaliser certains de ses rêves de petite fille. C'était une princesse dont s'occupait sa fée marraine.

Ladite *marraine* se pressa contre son dos, et l'image passa des citrouilles et des bals formels au Petit Chaperon rouge et au Grand méchant loup, qui mordillait maintenant son cou et l'endroit sensible derrière son oreille.

Le Grand méchant loup était une meilleure image à garder à l'esprit qu'une vieille matriarche gentille et impuissante.

Mais l'invitation avait été lancée. Refuser serait lourdement grossier, c'est-à-dire assez grossier pour être mentionné, et soudain la réputation de Tessa fut en jeu et Keri était prête à rire aux éclats.

C'était facile de justifier ce que vous vouliez faire en premier lieu, n'est-ce pas ? Elle laissa ses autres protestations s'évanouir pendant un moment alors qu'elle se tourna pour lui faire face.

— C'est tout simplement prodigieux. Merci.

Ses yeux expressifs la rendirent excessivement heureuse juste avant qu'un petit coin de culpabilité ne s'y glisse. La robe avait-elle été payée avec des fonds volés ?

Tant pis. Elle ne pourrait pas éternellement faire l'autruche, mais pour les trois prochaines heures ? Elle prendrait le prétexte du conte de fées et ça le ferait. Elle garderait les yeux grands ouverts et espérerait que son cœur ne se briserait pas en morceaux.

Jared ramena le sourire sur le visage de Keri, et finalement son loup cessa de le gifler. La bête n'avait pas arrêté de le tenter depuis qu'il était sur ce fichu vaisseau. Il s'était dit que c'était à cause de l'histoire d'accouplement, mais maintenant que Keri et lui s'étaient réunis — et waouh, rien ne l'avait préparé à ce que le sexe avec une compagne soit bien meilleur — Jared s'était dit que son loup finirait par se calmer.

La bête stupide sentit que quelque chose n'allait pas avec sa compagne et voulait le rectifier tout de suite. Jared ne pouvait pas comprendre de quoi parlait le lupus, ce qui les énerva légèrement tous les deux et les jeux typiques de domination interne du métamorphe commencèrent.

Deux cerveaux dans une tête ne pouvaient pas toujours vivre en harmonie, et c'était l'un de ces moments.

Keri retira la robe du mur et tourna le cintre d'avant en arrière, vérifiant les deux côtés. Il pouvait à peine attendre de la voir dedans. Le vêtement sobre avait un dos échancré très bas, ce qui devrait mettre en valeur cet incroyable tatouage qu'elle avait.

Lorsqu'il parviendrait à la convaincre de danser après le dîner, il aurait la main sur sa chair.

Il était impossible qu'elle porte un soutien-gorge avec ce décolleté. Une très, très bonne chose.

Il était un vrai chien.

— Oh !

Jared fouilla dans sa poche.

— J'ai vérifié. Si tu le souhaites, tu peux te faire coiffer. Et ton... tout ce que tu veux d'autre. Ils peuvent faire en sorte que tu sois prête à temps pour notre service.

Keri lui prit la carte du salon et son sourcil se leva de nouveau.

— Tu penses que j'ai besoin d'une coupe de cheveux ?

Jared fut confus. Ce n'était pas la réponse à laquelle il s'attendait.

— Hmm, non, mais j'ai pensé que tu pourrais aimer te faire une beauté.

La stupéfaction était à peine là, cependant, il la remarqua. Il l'avait mise mal à l'aise, et c'était la dernière chose qu'il souhaitait. Son loup ne réagit pas, et cette fois il l'accepta.

— En fait, je me suis arrêté au salon pour prendre une bouteille d'huile de massage afin de pouvoir te séduire plus tard, et alors j'ai pensé que la plupart des femmes aiment se faire dorloter.

Jared attrapa ses mains et les serra fermement. Commencer une relation à vie sans rien savoir de l'autre personne était très difficile, mais il ne voulait pas gâcher ça pour quelque chose d'aussi insignifiant qu'un dîner au restaurant.

— Tout ce truc de « Je suis à toi, tu es à moi » ? C'est ce que je voulais dire. Pour tout, même dans les petites choses. Surtout dans les petites choses qui te rendent heureuse. Si tu me dis que tu veux aller dîner en jeans, je suis partant. Cela ne me dérange pas de repousser les limites de la politesse, mais je veux aussi te laisser ta liberté. Tu peux teindre tes cheveux en vert fluo et je penserai toujours que tu es magnifique. Tu peux...

Ce fut à son tour d'être embarrassé et muet. Keri rampa presque sur lui, et sa langue fut dans sa gorge, et s'il n'exerçait pas plus de contrôle qu'il ne le voulait, il n'allait plus avoir d'air de toute la nuit.

Il lui fallut de la force pour saisir ses cheveux, les enrouler autour de son poing et tirer légèrement. Elle haleta, pas de douleur, mais avec douceur, et à cet instant, sa queue ne pouvait pas devenir plus dure, enfin c'est ce qu'il croyait.

— Tu vas nous mettre en retard pour le dîner.

Elle sourit.

— Je suis désolée d'avoir mal compris ton offre. J'adorerais aller au salon, à une condition.

Il connaissait ce regard. Oh, il l'avait vu sur sa mère et ses sœurs quand elles étaient sur le point de faire un peu « d'amélioration » sur lui.

— Non. Je t'en prie, non.

Elle battit des cils.

— Oh, comme si c'était juste. Jouer avec ton physique pour m'attirer dans un salon ? Tu me ferais ça ?

Elle passa ses doigts dans ses cheveux.

— J'aime aussi ton apparence, monsieur Gilliland, mais si nous devons le faire, faisons-le correctement. Je doute que nous dînions très souvent avec des membres de la famille royale au cours de notre vie. Pourquoi ne pas en faire une soirée inoubliable ?

Jared sourit.

— D'accord.

Keri passa devant lui. Il appela pour confirmer leurs réservations alors qu'il la regarda enfiler de minuscules sous-vêtements. Ce n'était pas le bon moment pour déclarer que cela allait probablement être le premier de nombreux dîners de ce type.

Il ne voulait pas l'effrayer.

— Laisse-moi trente secondes et je serai prête.

Jared lui fit un signe de la main alors qu'elle disparaissait dans la salle de bain. Il se pencha en arrière sur le bureau puis se souvint qu'il ferait mieux de téléphoner à ses parents avant la fin de la nuit, mais l'appel devait prendre plus de temps qu'il n'en avait actuellement. S'il oubliait, et que ses parents avaient des nouvelles de quelqu'un d'autre, son cul en ferait les frais. Seulement, quelles étaient les chances qu'il soit trop distrait lorsqu'ils retourneraient dans sa chambre ?

Mieux valait prévenir que guérir. Il ouvrit le tiroir à la recherche d'un morceau de papier pour se laisser une note. Il le placerait au milieu du lit pour qu'ils ne puissent pas le manquer.

Le gros lot. Un bloc-notes.

Il attrapa une page, la déchira du bloc-notes, et le tiroir tout entier vola. Il trouva un pendentif en diamant et rubis, très familier, niché dans le coin arrière.

— Keri ? La panique scella ses lèvres au milieu de la question.

Oh, merde. Oh, *merde*. Jared jeta un coup d'œil vers la salle de bain pour s'assurer que la porte était toujours fermée, puis empoigna la broche et la glissa dans sa poche.

Son cœur battait comme s'il avait couru autour du pont tout en étant poursuivi par certains des plus gros et des plus méchants couguars, comme le type qui était connu pour fournir des prêts avec des taux d'intérêt horribles aux perdants qui traînaient dans le casino à bord.

Non pas qu'il ait eu affaire à ce genre de racaille, mais ils faisaient partie de la culture des métamorphes autant que de celle des humains.

La broche était dans sa poche comme un morceau de charbon prêt à réduire sa vie en cendres. Ce n'était pas juste, mais la vie n'était pas juste. Il était assez vieux pour connaître cette vérité.

Keri sortit de la salle de bain et le rejoignit avec un sourire heureux.

— Prête à partir.

Il mit en avant tous ses atouts.

— Nous avons beaucoup de temps. Nous reviendrons pour nous changer si cela te convient.

Elle serra son bras et ils avancèrent ensemble dans le couloir.

Ils furent silencieux, Jared était trop occupé à penser à ce qu'il allait faire pour résoudre ce bordel de merde (pour parler poliment).

Keri se racla la gorge.

— C'est bizarre, n'est-ce pas ? Toute cette affaire de compagnon ?

La question l'aidait à se concentrer, la question innocente était pourtant d'une complexité trompeuse. C'était comme si elle faisait complètement partie de, mais complètement cachée derrière un mur.

— Je peux sentir des petites choses auxquelles je ne m'attendais pas. Et j'aime ton sens de l'humour. Je connais beaucoup de gens qui ont trouvé leurs compagnons, et ils m'ont toujours dit que la relation était tout à fait juste, exactement ce qu'ils recherchaient.

Keri trébucha un peu, et il la retint.

— Ça va ?

Elle hocha la tête puis laissa échapper :

— Suis-je ce que tu cherchais ?

La broche ralentit son pas, comme une chaîne d'inquiétude qui l'alourdissait.

Ses doigts se crispèrent avant qu'il ne puisse répondre.

— Jared ? Ça va ? Je... Je suis désolée si je t'ai mis dans l'embarras. Permets-moi de dire cela différemment. J'espère pouvoir devenir ce que tu as toujours voulu chez une compagne.

Et avec ces mots courageux, toutes ses peurs disparurent. Il la prit dans ses bras et posa son front contre le sien. Il s'agissait de prendre des respirations lentes, la regarder dans les yeux et voir son âme.

Découvrir que son compagnon était peut-être le voleur

dont tout le monde parlait en cabine l'avait momentanément effrayée. Mais elle avait raison : les gens pouvaient changer. Il allait la soutenir de toutes les manières possibles, et ils pourraient avancer ensemble dans une nouvelle vie.

— *Je sais qu'il est tôt, et nous ne nous connaissons pas encore complètement, mais Keri, je vais tomber amoureux de toi. À fond et complètement. Alors tu ferais mieux de parier que tu es ce que j'ai toujours voulu chez une compagne.*

Un petit pli marqua les coins de ses yeux alors qu'elle retint ses larmes.

— *Nous pouvons le faire, n'est-ce pas ? On peut tomber amoureux, ainsi que nos loups ?*

— *Oh, oui.*

Jared poussa son loup aussi loin que possible dans le coin. Pour une fois, la bête partit avec seulement un second *pfft* après s'être fait envoyer balader.

— *Nous allons tomber amoureux si fort que nos loups vont être jaloux de nos côtés humains.*

Keri éclata de rire.

— Oui, c'est ça.

Jared embrassa ses lèvres rieuses, sa bouche toujours ouverte pendant qu'il la capturait. Ce fut un court échange, avec plus de tendresse que de passion. Un baiser de besoin plein d'espoir et de désir d'appartenance mélangés à des promesses de longs jours et d'années à venir.

Jared s'assurerait qu'ils tombent amoureux.

Mais d'abord, il devait trouver un moyen de rendre la broche aux Fedoras sans que Keri ne se fasse prendre. Parce que l'arrangement distinctif était très certainement l'œuvre de son père et avait été un cadeau familial fait aux dirigeants il y a quelques années.

**8**

———

— Tais-toi !

Tessa ne rebondit pas, elle regarda, bouche bée, alors que Keri tenta de dégager sa main de la prise ferme de Jared.

— Vous êtes les invités spéciaux qui dînent avec les Fedoras ? Et à qui as-tu volé la robe ?

— C'est une longue histoire. Vraiment, très ennuyeuse. Tu ne veux pas du tout connaître les détails, car ils te feraient littéralement sombrer et t'endormir.

Tessa agita une main dédaigneuse devant le visage de Keri et se rapprocha de Jared, le regardant en bas, puis en haut, puis en bas. Jared propre et vêtu d'un costume formel était suffisant pour faire flageoler les genoux de n'importe quelle femme.

— Bien, bien. Quand mon amie part à la chasse, elle trouve de belles proies.

Comment Jared réussit-il à garder un visage impassible, Keri n'en fut pas certaine.

— Tu as une telle façon de mettre tout le monde à l'aise.

Tu dois travailler comme directeur de croisière ou quelque chose comme ça.

— Façon de parler.

Tessa inclina poliment le menton vers Jared une seconde avant que Keri ne soupçonne qu'elle allait lui sauter dessus.

— Quand tu décideras que tu en as marre de lui, je serais heureuse de te l'enlever…

Tessa recula en défense, avec un sourire de chat.

— Oh, mon Dieu, il y a plus dans cette histoire qu'une aventure à bord d'un navire, n'est-ce pas ?

Tessa mit un doigt entre eux deux avant de se pencher légèrement en avant pour chuchoter de manière conspiratrice :

— Tu as ce truc de toutous amoureux pour toujours, hein ?

Jared s'inclina formellement.

— Tu es la discrétion même, je le vois. Oui, nous sommes compagnons, et je suis très content d'avoir retrouvé Keri. Il faudra que tu me racontes tout de tes années à l'université, un jour.

Keri se demanda si Jared pouvait bavarder si facilement. Bien que le morceau charme-les-femmes-jusqu'à — enlever-leur-culotte dont il avait parlé mettait un interdit perpétuel à partir de ce moment.

— Personnellement, je suis tout à fait d'accord pour l'attacher dans un coin et suspendre l'herbe à chat à environ un mètre hors de portée. Tu es beaucoup trop gentil avec elle.

— Tes amis sont mes amis, n'est-ce pas ?

Oui, en quelque sorte. À moins que cela ne signifie qu'il allait la présenter à la mafia et s'attendre à ce qu'elle les accepte également. Un peu de la lueur du bonheur les quitta.

Elle se tourna vers Tessa, qui arborait maintenant ce sourire idiot.

— Arrête ça.

— Quoi ?

— Tu le sais.

Tessa renifla.

— Je pense à toutes ces histoires que tu m'as racontées à l'université, et combien tu vas me payer maintenant pour ne pas révéler tes secrets.

— *Elle est un vrai trésor, n'est-ce pas ?* demanda Jared.

— *Ma meilleure amie. Cela signifie que je l'aime de tout mon cœur, mais que je veux parfois l'étrangler.*

— *C'est compréhensible.*

Jared attira Keri plus près de lui.

— Désolé, Tessa, mais je dois te voler Keri. Nous te parlerons bientôt, mais nous ne voulons pas être en retard pour notre dîner.

Il baissa poliment la tête, la coupe impeccable de son costume couinant presque à ses mouvements.

Tessa soupira et remua ses doigts.

— Amusez-vous bien. Contrairement à certaines personnes, qui ont du travail.

Le trajet sur l'épais tapis moelleux était différent aujourd'hui, et pas seulement parce qu'ils se rendaient à une réunion avec un couple si loin au-dessus de sa position actuelle. Keri avait peur de faire une gaffe. C'étaient les lumières scintillantes des lustres formels au-dessus. C'était le glissement soyeux du tissu sur sa peau nue — Jared l'avait convaincue qu'elle devait enlever les sous-vêtements avec son soutien-gorge pour éviter d'avoir des marques de culotte. Mais surtout, c'était son compagnon qui marchait à côté d'elle, son coude la cognant légèrement alors qu'elle s'accrochait à son bras, ses doigts croisés sur les siens. La façon dont il réussit à donner l'impression que ce costume était sa tenue de tous les jours l'impressionna et l'épouvanta à la fois.

Soit elle s'était accouplée avec l'un des acteurs les plus talentueux au monde, soit... elle n'avait aucune idée de ce qui se passait.

— Ça va ?

Jared l'arrêta devant la salle à manger de première classe.

— S'il y a quelque chose qui ne va pas, s'il te plaît... Nous n'avons pas à faire ça. Je peux nous excuser...

— Non. Bien qu'elle le veuille. Mais merci de l'avoir demandé.

Assez de chaos mental. Elle avait subi des montagnes russes toute la journée. Mais leur conversation avant d'arriver au salon, c'était vrai. Ils pourraient tomber amoureux, ils pourraient faire ce travail pour leur côté humain et leurs animaux.

Profite de ce moment puis occupe-toi du reste.

Elle l'embrassa sur la joue et s'avança avec lui, les épaules fermes, le dos bien droit. Et s'il y avait encore des papillons dans son ventre ? Eh bien, peut-être qu'ils voulaient aussi avoir un peu de temps pour danser.

JARED ÉTAIT IMPRESSIONNÉ. Plus qu'impressionné — on comprenait pourquoi les Fedora étaient dans la position dans laquelle ils se trouvaient.

Le pouvoir d'un loup était facile à définir. Le charisme était plus difficile. Alors qu'un loup fort pouvait vous donner des ordres, il fallait un type particulier de personnalité pour que les gens ignorent votre pouvoir et vous fassent confiance et veuillent vous plaire malgré votre force.

M. Fedora charma et apaisa Keri tout au long du repas. À partir du moment où il se leva et tira sa chaise, il y eut de légers bavardages et une conversation facile. Aucune mention de quoi que ce soit pouvant être considérée comme hors sujet — comme leur récent accouplement, même si cela fut trop évident pour quiconque avec un nez, autre que lui-même. Mme Fedora fut tout aussi attentive, et le dîner poursuit son cours.

Il se demanda pourquoi il avait passé autant de temps loin de la société alors qu'il y avait de si bonnes personnes. Bien que — en repensant au coffee shop et à tous les chefs de la meute de Granite Lake — ses amis soient peut-être un peu plus rudes sur les bords, mais eux aussi étaient des gens formidables avec qui passer du temps.

La musique reprit et Jared se leva comme M. Fedora le fit.

— Je vais danser avec ma femme, mais d'abord ?

Fedora se tourna vers Keri et lui offrit une main.

— Puis-je faire un tour avec vous, jeune fille ?

Les joues de Keri s'empourprèrent. Son regard se précipita pour rencontrer celui de Jared et cela seul le remplit de fierté. Ce truc de compagnon était très, très cool.

— *Je te saute plus tard...* promit-il, souriant alors que son visage devenait rouge vif.

Il se tourna vers Mme Fedora et offrit une main, et tous les quatre montèrent sur le plancher poli de la piste de danse vide.

Mme Fedora ne perdit pas de temps.

— C'est une créature tout simplement adorable. J'approuve.

Jared gloussa.

— Merci.

Son sourire s'agrandit.

— Vous, les chiots, vous êtes tous pareils. Oui, mon cher, je sais que je n'ai pas mon mot à dire, mais j'approuve toujours. Votre mère va l'aimer. Keri a ce petit côté qui lui permettra de gérer plus facilement les médias lorsqu'ils vous contacteront.

Elle marqua une pause puis le regarda dans les yeux.

— Vous devrez organiser une fête officielle à un moment donné. Je veux dire, je comprends que vos côtés de loup sont déjà heureux ensemble, mais il y a un certain décorum à suivre.

Il hocha la tête, la faisant valser doucement tout en gardant un œil sur Keri, espérant qu'elle allait bien.

— Je sais, mais laissez-moi le temps de tout expliquer à Keri. Ce n'est pas une situation si inhabituelle — des rencontres impromptues de compagnons se produisent tout le temps, mais je doute qu'elle s'attende à moi et au chaos que ma famille apportera.

— Mais vos loups comprennent. Elle peut le gérer.

Le visage expressif de Mme Fedora changea.

— Vous vous êtes, à votre manière légèrement peu orthodoxe, caché du monde. Il est peut-être temps que cela se termine.

— Ne me blâmez pas, c'est maman et papa qui ont choisi l'Alaska pour s'installer. Et ce n'est pas vraiment se cacher.

L'élégant sourcil se redressa à nouveau.

— D'accord, c'est un peu se cacher, mais ça a

fonctionné. Nous avons été heureux en tant que famille hors des projecteurs.

Elle inclina la tête et se tut, et il comprit que l'interrogatoire était terminé.

Si seulement la broche était de retour en sa possession. Il fit tourner sa partenaire pour vérifier la piste de danse. Keri souriait toujours, une sorte de sensation heureuse d'être dépassée, mais il se faufila dans sa direction. Il y avait plus de danseurs maintenant, les entourant alors qu'ils tournaient et virevoltaient.

Une diversion parfaite. Il fouilla dans sa poche pour attraper le bijou, puis replaça rapidement sa main sur la taille de Mme Fedora. Ce n'est qu'une seconde plus tard qu'il réalisa son idée de lui épingler le bijou et qu'elle les « trouve » était une mauvaise idée. Elle ne serait jamais assez stupide pour croire qu'elle avait passé un repas entier sans s'en apercevoir.

Frustré, il retira sa main et laissa tomber la broche dans sa poche.

～

Keri trébucha et M. Fedora la rattrapa magnifiquement.

— Tout va bien, ma chère ?

Elle soutint son sourire, les coins en tremblant un peu. Elle venait de voir son compagnon retirer un bijou de la robe de Mme Fedora et le mettre dans sa poche. Tous ses souhaits pleins d'espoir sur le fait que le vol était un malentendu s'envolèrent.

Elle devait le sauver de lui-même.

— C'était charmant, mais pourrais-je danser avec mon compagnon ?

Une pure élégance émanait de l'homme alors qu'il pencha la tête et les amena doucement vers l'autre couple. Un instant plus tard, Keri était dans les bras de Jared, le besoin physique augmentant et la frustration non loin derrière.

— Tu passes un bon moment ? demanda-t-il.

— C'est incroyable.

Jared hocha la tête et l'attira plus près au rythme de la musique ralentie. Elle en profita et glissa sa main dans sa poche, empoignant le bien volé et le sortant pour le cacher...

Merde. Le cacher où ? Il n'y avait rien d'autre qu'une fine couche de tissu recouvrant tout son corps, et à moins qu'elle ne veuille faire des trucs bizarres, elle ne pouvait pas le garder longtemps. Elle posa soigneusement sa main sur son épaule, le pouce rentré pour tenir le bijou, sa paume le recouvrant complètement.

Sous la table, elle repéra deux sacs à main, et eut une très mauvaise idée. Elle devait remettre le bijou dans le sac à main de l'autre femme et tout irait bien.

Jared frotta légèrement son cou et elle frissonna.

Au diable les hormones de loup, les bateaux de croisière et les diamants !

Jared savoura la sensation de Keri serrée contre lui, sachant qu'il n'était qu'à quelques millimètres de sa peau nue. Il ajusta sa position et deux choses se produisirent. D'abord, il capta un petit éclair de lumière éblouissante sous ses doigts. Puis, une tape rapide dans sa poche révéla qu'elle était vide. Tous ses espoirs qu'elle n'était pas vraiment la voleuse furent anéantis, et il lutta pour cacher sa tristesse.

C'était inutile. Elle se raidit, sentant probablement son énervement.

— *Qu'est-ce qui ne va pas ?*

Il ne répondit pas. Sous la table, il avait repéré deux sacs à main. S'il pouvait simplement remettre le bijou dans celui de Mme Fedora, ils pourraient avoir la suite de la conversation en privé.

— *Tout va bien, mais j'ai besoin de le récupérer.*

Il la tourna doucement, lui donnant le temps de resserrer sa prise autour de ce qu'il supposait être la broche. Elle virevolta, puis recula, et il les tourna ensemble, son dos serré contre lui. Il attrapa ses doigts dans les siens et glissa leurs deux mains dans la poche de sa veste.

— *Laisse-le tomber*, ordonna-t-il.

Keri résista une seconde, mais elle dut réaliser que si elle attendait trop longtemps, tous les yeux seraient rivés sur eux.

— *Maintenant, s'il te plaît.*

Ses doigts s'ouvrirent et ils avancèrent, se séparant dans la danse. Il tenait fermement son autre poignet pour qu'elle ne puisse pas s'échapper. Ils revinrent ensemble et il rapprocha leurs cops pour s'assurer qu'elle était piégée.

— *Oh, Jared, pourquoi ?*

Même dans sa tête, sa frustration était limpide.

— *Il faut le faire.*

— *S'il te plaît, laisse-moi l'avoir, et je te promets...*

— *Ça va, j'ai tout sous contrôle. Nous pourrons parler des détails plus tard. Sache juste que je ne laisserai personne t'arrêter. Tout va bien. Fais-moi confiance.*

Il mit toute sa sollicitude dans ses pensées, tout son amour grandissant, car aussi bizarre que soit ce chaos, il tombait amoureux et rien ne pouvait l'empêcher de protéger sa compagne.

La tension dans son corps changea.

— *Comment ça, je ne serai pas arrêtée ?*

La musique ralentit et ils se levèrent tous pour applaudir le groupe pendant un moment avant qu'il n'offre son bras pour la ramener à leur table. Il regardait toujours les sacs à main et essayait de trouver le meilleur moyen d'obtenir celui dont il avait besoin.

— *Je suis sérieux. Si la broche est rendue, il n'y a aucune raison pour être sous le coup d'une arrestation. Je peux... Eh bien, j'ai des relations.*

— *C'est tellement déroutant. Pourquoi serais-je arrêtée pour avoir tenté de rendre un bijou que* tu *as volé ?*

**9**

---

Ils eurent simplement une conversation polie alors qu'ils s'excusaient et quittaient la salle de bal. Keri maintint son coude, l'arrêtant à l'extérieur de l'une des salles de réunion officielles et composa le code d'accès avant de le pousser dans l'espace. Elle ne prit pas la peine d'appuyer sur des interrupteurs supplémentaires, les laissant dans l'éclairage faible de la sécurité qui projetait des ombres et conférait un air mystérieux à la pièce.

Le magnifique panorama à l'extérieur de la ligne complète de fenêtres donnant sur l'océan Pacifique scintillant, ainsi que les lumières qui brillaient sur les îles qui passaient, fut abandonné en tout juste une seconde.

Il s'appuya d'une hanche sur l'immense table en chêne, l'air tout beau et savoureux et et elle dû calmer ses hormones.

Elle était énervée — un détail important à retenir — mais face à six pieds de compagnon délicieux, c'était vraiment, vraiment difficile.

Jared fouilla dans sa poche, en sortit la broche et la posa sur la table à côté de lui. Même dans le faible éclairage, le truc étincelait bien assez. Si Tessa avait été là, elle lui aurait donné des coups à l'instant.

Keri le pointa du doigt :

— Ça. Ce n'est pas à toi.

Il toussa brièvement.

— Eh bien, ça l'est un peu.

— Arghhh !

Elle traversa la pièce d'un pas lourd, agrippa ses élégants revers et fut nez à nez avec lui.

— Cette broche a été signalée comme volée. J'essaie de te sauver le cul ici, mon compagnon, alors cesse tes réponses énigmatiques. Pourquoi l'ai-je trouvée dans ta ceinture à outils ?

Sa confusion fut instantanée.

— Dans ma ceinture à outils ? J'ai trouvé la broche dans le tiroir de ton bureau et je l'ai reconnue. Je ne voulais pas que tu aies des ennuis, alors je l'ai prise avec l'intention de...

— Attends. Tu l'as trouvée dans mon bureau ? D'accord, très bien. Je veux absolument savoir pourquoi tu fouillais dans mon bureau en premier lieu, mais la broche était dans le tiroir parce que... (Keri s'arrêta pour faire son effet...) Je l'ai trouvée dans ta ceinture à outils. Donc, voilà.

Jared continua de secouer la tête comme s'il ne comprenait rien. Elle était toujours contre son corps, et la chaleur entre eux grandissait. Il enroula ses bras autour d'elle presque distraitement pendant qu'il parlait.

— Mais je ne l'ai pas prise. Honnêtement.

En le regardant dans les yeux, elle ne doutait pas de sa sincérité. D'accord, peut-être qu'un loup chargé d'hormones et motivé par la luxure n'était pas le meilleur pari pour discerner la vérité, mais c'était tout ce avec quoi elle avait à travailler.

— Alors, comment est-elle entrée dans ta ceinture à outils ?

Ils se regardèrent l'un l'autre. Ses doigts glissaient encore et encore sur ses épaules alors qu'ils réfléchissaient. Le mouvement constant la calma, calma ses contractions nerveuses tandis qu'un million de scénarios se déroulaient dans son cerveau. Quelqu'un l'avait-il mis sur lui ? Devraient-ils revérifier les bandes de sécurité dans la salle du personnel ?

Ils comprirent au même moment.

— La bibliothèque ! s'écrièrent-ils tous les deux.

Il la souleva et la fit tournoyer, et elle rit de soulagement.

— Oh, mon Dieu, je pensais que tu avais toutes sortes de problèmes et que j'allais devoir m'asseoir à l'extérieur de ta cellule et te donner des sandwichs au beurre de cacahuète ou quelque chose comme ça.

— Et je pensais que tu avais eu des ennuis... mais ça suffit. Nous avons tous les deux supposé, et nous nous sommes trompés.

Il la posa sur la table.

— Nous ne nous connaissons pas, ça ne fait qu'un jour, vraiment.

Keri hocha la tête. Un énorme soupir de soulagement lui échappa. Elle s'accrocha à ses doigts, refusant de le laisser partir.

— Donc, rassure-toi, je ne suis pas une voleuse. J'ai un diplôme en art moderne, ce qui signifie que je suis généralement employée comme serveuse. Tessa m'a offert ce boulot sur le navire pour lui tenir la main pendant qu'elle dirige tout, car c'est la première fois — elle est étudiante en administration des affaires avec mention. Nous sommes amies depuis des années, puis nous avons partagé un appartement même si elle a suivi un programme différent du mien.

Son sourire était sincère.

— C'est le meilleur genre d'amies. Des gens qui t'aiment pour qui tu es, et non pour qui tu sembles être...

— Tout à fait.

Elle s'arrêta pendant qu'il l'embrassait, se tenant entre ses jambes pour se coller à son corps. Jared volait l'air de ses poumons.

Beaucoup plus tard, il garda une prise ferme, mais parla près de son oreille.

— Je ne suis pas un voleur non plus. Je vis à Haines, en Alaska. Maman et papa y ont déménagé pour fonder leur famille dans un bel endroit calme à l'abri des feux de la rampe. Eux et mes sœurs ont déménagé dans une autre des maisons familiales il y a quelques années, mais j'ai décidé de rester dans le Nord.

*Une* des maisons familiales ?

Keri le repoussa pour le voir sourire timidement.

— Continue.

— Eh bien, la famille est en quelque sorte dans... une bonne situation financière.

Il hocha la tête avec plus d'enthousiasme.

— Donc, je travaille, mais je fais aussi beaucoup de bénévolat et...

— Jared ? Qu'est-ce que tu ne me dis pas ? Ne penses-tu pas que le fait de ne pas savoir des choses a déjà causé suffisamment de problèmes ?

— Certainement, seulement je ne veux pas te faire peur.

Elle rit et agrippa son cou, l'attirant contre lui pour un autre bref baiser.

— Si tu n'es pas un voleur, je ne pense pas que ce que tu

diras puisse me faire peur. Dis-moi.

— Des bijoux. La famille aime les bijoux. L'une des choses que je fais dans le Nord, c'est de voyager entre les quatre magasins que la famille possède, situés dans des stations balnéaires le long de la route des croisières. J'aide aussi mon père à faire des croquis pour les mises en page — nous travaillons en ligne. Cette broche, je l'ai reconnue parce qu'elle était un cadeau. Il y a quelques années, mon père et moi l'avons fabriquée comme cadeau d'anniversaire pour la meilleure amie de ma mère.

Son cœur rata peut-être un battement, c'est pourquoi ce bourdonnement dans ses oreilles lui faisait entendre des choses qui n'avaient pas pu être dites.

— Ta mère et Mme Fedora sont... de... meilleures amies ?

Il hocha lentement la tête.

— Alors... tu n'es pas un voleur et tu pourrais acheter cette broche ?

— Je pourrais acheter ce bateau.

La jeune femme ne sut pas vraiment quoi répondre.

— D'accord.

Il se pencha sur elle là où elle était assise sur la table.

— D'accord ? C'est tout ?

— Eh bien, j'ai pensé que danser sur la table semblerait être une réponse un peu excessive. Je ne suis pas un mercenaire qui crierait « merde, j'ai décroché le jackpot » !

— Je suis tellement content que tu ne t'enfuies pas comme je m'y attendais.

— De crainte ?

Il acquiesça.

— Ce dîner ce soir était très informel par rapport à ce que nous connaîtrons. Je peux demander à mes parents d'éviter les fêtes au maximum, mais il y aura quelques événements auxquels nous devrons assister, comme une fête d'accouplement pour des amis de la famille et des affaires.

Bon. Peut-être qu'elle avait besoin d'emprunter le trampoline de Tessa et de sprinter pendant un moment.

— De combien d'amis parlons-nous ?

Il haussa les épaules.

— Six ? Sept ?

Sa bouche devint sèche.

— Cent ?

Elle retint son souffle. La pause était pire qu'une réponse.

Eh bien, pas vraiment.

— Mille.

L'air gardé dans ses poumons s'échappa et elle s'enfuit.

Il la rattrapa avant qu'elle ne puisse frapper la porte et la hissa sur son épaule.

— Non, pas de fuite.

Keri rit et tapa sur son dos.

— Pose-moi. Je blague. Tant que tu es là, ça ira.

Jared la reposa sur la table.

— Sérieusement ?

— Sérieusement. Je peux bien accepter de m'être accouplée à un millionnaire.

— Oh, tu as trouvé quelqu'un d'autre ? Avec moins d'argent ?

Elle lui donna une tape sur l'épaule et ils rirent ensemble. Puis il roula avec elle au milieu de la table et entreprit d'enlever toute pensée de vols, de fêtes et d'argent liquide de toute sorte. Sa robe allait dans un sens, son costume dans l'autre, jusqu'à ce qu'ils se frottent peau contre peau.

Ça avait été une sacrée journée. Une sacrée bonne journée.

## 10

_J_ared regarda ses vêtements et se demanda si jurer comme un charretier devant sa nouvelle compagne lui ferait perdre tous les bons points qu'il avait gagnés la veille.

— Euh, Keri ?

Elle sortit à poil de sa salle de bain, et il se força de ne pas baver sur le tapis.

— Oui ?

_Concentre-toi._

— Tu te souviens que je suis arrivé nu hier ?

— Je pense que je n'oublierai jamais.

Elle ouvrit les tiroirs, et il fut vraiment distrait quand elle se pencha pour prendre quelque chose dans le tiroir du bas, son cul nu face à...

_oh, mec. Concentre-toi plus._

— Un collègue a attrapé mes affaires pour moi et les a suspendues pour qu'elles sèchent. Quelqu'un a eu la gentillesse de me les déposer ici ce matin, toutes bien pliées.

— Eh bien, c'est gentil.

— Non, ça ne l'est pas.

Il tint la pile. Elle enfila un T-shirt par-dessus sa tête avant de venir à ses côtés.

— Qu'est-ce qui ne va pas ?

Il y avait un gros renflement sur le devant de son jean — Keri fouilla dans sa poche les objets mystérieux qu'elle sortit et les posa sur le tissu.

Une poignée de montres, de colliers et de boucles d'oreilles en diamants étincelants.

— Tu as un tailleur très chic.

Jared fut soulagé.

— Tu n'es pas en colère contre moi ?

— Pour quelle raison ? Pour mon goût pour les jeans ?

Keri tapota son cul nu et sa tension artérielle monta en flèche.

— Cette paire avec les lambeaux et la pièce élimée sur l'entrejambe que tu portais lorsque tu es monté à bord ? Il me fait grogner. Surtout la partie ici...

Ses vêtements et tout ce qui les accompagnait tombèrent au sol alors qu'il attrapait son poignet une seconde après qu'elle ait attrapé ses bijoux. Elle le prit doucement dans ses paumes et il déglutit difficilement.

— Quelqu'un a mis ces trucs là-dedans pour me causer des ennuis.

— Nous trouverons son identité.

Jared gémit alors qu'elle continuait à le torturer par ses caresses.

— Je dois me mettre au travail. Keri, mon amour, arrête. Tu me tues.

Elle embrassa son épaule et le serra doucement une dernière fois avant de se défaire de son étreinte avec un soupir.

— Oui, moi aussi. Pour les deux. Laisse-moi apporter

tous les objets à Tessa, et nous remettrons les choses en place. Ne t'en fais pas.

— Tessa va penser que tu es devenue folle.

— Elle comprendra. C'est une métamorphe — je veux dire, c'est un chat, mais elle a le truc du compagnon. Et tu as un dossier impeccable, non ?

— Et je pourrais acheter le bateau ?

— Ça aussi...

Keri sauta dans ses bras, s'accrochant comme une ventouse.

— Je sais que j'ai plaisanté sur ta situation financière, et je ne suis pas en colère que tu aies de l'argent, mais ne pense pas que c'est la raison pour laquelle tu me rends heureuse, d'accord ?

Il embrassa son nez, puis la serra fort. Il s'habilla et envoya une demande à toutes les divinités à bord du navire pour que le temps passe vite jusqu'à ce qu'ils puissent être à nouveau ensemble.

Seul. Il aurait dû ajouter seul, avec Keri à sa demande. Parce que ce n'était que trente minutes après qu'il eut quitté Keri pour se diriger vers ce qu'il s'attendait à être une tâche sale, dégoûtante et misérable avant qu'il ne la revoie.

Et ils n'étaient pas seuls. *Le chaperon le moins probable entre mille, Alex...*

— Tu as presque fini ?

Chad s'appuya contre le mur, les bras croisés, et se mit en travers de son chemin. L'homme n'était pas assez proche pour que Jared pousse le déboucheur des toilettes sur son visage, mais la pensée fut tentante.

— Ça ne fonctionne pas. On dirait que nous aurons besoin d'un furet.

— Pourquoi n'irais-tu pas en chercher un ? suggéra Chad.

Il pouvait faire mieux. Jared sortit son téléphone et envoya rapidement un texto.

— Il sera là dans une minute.

Chad fronça les sourcils.

— Vraiment ?

— Vraiment. Ça s'appelle déléguer, Chad. Tu devrais essayer, un jour. Je suis ici, en plein projet, donc l'un des gars qui marchent actuellement à l'étage apportera les choses dont nous avons besoin. Depuis combien de temps travailles-tu sur ce vaisseau, au fait ?

D'accord, il n'était pas aussi poli que la veille. Mais sachant que le pervers avait été après Keri faisait se dresser les poils de Jared, ce qui, lorsqu'il était sous forme humaine, était une sensation vraiment inconfortable.

— C'est mon sixième voyage. J'en ai fait cinq avec le frère de Tessa. Là, il y avait un gars qui savait comment diriger les choses.

*Pas s'il t'a embauché quatre fois.*

— Tessa semble faire un excellent travail.

— C'est une fille.

Jared se tut, mais son cerveau criait *bonne observation, petit génie.*

Chad n'avait pas besoin d'encouragement.

— Toujours ce type. Obtenir le travail parce qu'ils sont de la famille, tu sais. Être pistonné et prendre la place de quelqu'un...

— Vraiment. Étais-tu à la recherche de son poste ?

Chad rit.

— Moi ? Nan. J'aime coordonner dans les coulisses. Le truc de première ligne était la place de Tony. Il était doué pour ça. Il devrait revenir.

Jared n'allait pas perdre son temps à répondre. Le gars n'écoutait clairement rien d'autre que lui-même.

Le silence régnait, à l'exception du bruit de l'eau qui clapotait alors qu'il travaillait sur les conduites d'eau bouchées.

Comment aurait-il pu savoir que les étés qu'il avait passés avec le personnel de la piscine lui auraient appris tant de choses sur la plomberie ? La vie était pleine de surprises.

La porte s'ouvrit en grinçant derrière eux, et le plaisir instantané le frappa en voyant Keri intervenir, suivi d'une envie de tuer urgente alors que Chad se décollait du mur et se dirigeait vers elle.

Et s'arrêta.

— Putain de merde, tu sens comme lui.

Chad désigna Jared.

— Tu m'as éjecté pour te taper un mécanicien ?

Keri posa ses deux mains sur ses hanches et lui lança un regard noir.

— Tu es sur mon chemin.

— Vraiment, Keri, vraiment ?

Chad s'écarta légèrement, mais parla plus fort.

— Tout ce temps ? Tu choisis ce bâtard plutôt que moi ?

Jared regarda attentivement, juste pour s'assurer que si Chad faisait quelque chose d'inapproprié : il aurait été capable de sauter de la prise de maintenance et d'arracher la tête de l'âne. Et parce qu'il était très attentif, il vit tout, comme une poésie en mouvement. Keri fit tomber Chad dans le débordement des tuyaux bouchés.

Deux pas supplémentaires prudents l'amenèrent en toute sécurité sur la tuyauterie qui tapissait le sol, puis elle donna un léger coup de pied, comme un chien couvrant ses affaires, et Jared ferma la bouche pour arrêter de rire.

Elle lui tendit les boucles de métal dont il avait besoin pour le travail. Le doux sourire sur son visage lui fit savoir qu'elle était contente d'avoir remis Chad à sa place toute seule.

— Voici. J'allais dans cette direction et je voulais passer dire bonjour.

— Salut.

Il y avait de l'eau sale autour des pieds de Jared, une odeur légèrement désagréable dans l'air, mais avoir Chad sur son cul et sa compagne lui souriant rendait le moment sacrément jouissif.

— Je ne vais pas t'embrasser. Pas tout de suite.

Jared secoua la tête.

— Garde-le pour plus tard. La journée se passe bien ?

Avant qu'elle ne puisse répondre, un grognement s'éleva derrière Keri. Chad trébucha sur ses pieds, jurant bruyamment.

Jared se pencha sur le côté.

— J'imagine que les relations de travail des croisières ont des règles sur le langage à respecter. Je devrais peut-être déposer une plainte officielle si tu continues comme ça.

Chad envoya de l'eau sale partout.

— Vous deux vous méritez l'un l'autre !

Il se retourna et sortit de la pièce, son jean trempé.

Keri soupira.

— Je suis désolée, je suppose que je n'aurais pas dû faire ça.

— Eh bien, ce n'est pas comme si j'avais peur de me faire virer. C'est un abruti. Ne t'inquiète pas pour lui.

Elle hocha la tête et trouva un endroit sec au-dessus d'une des boîtes mécaniques.

— Pourtant, à moins que tu ne veuilles...

Soudain, cela la frappa.

— Hé, pourquoi es-tu retourné travailler ce matin ? Tu as raison. Ce n'est pas comme si tu avais besoin du travail, et tu n'as plus à cacher que tu n'es pas Mark. Tessa est compréhensif.

Jared désigna brièvement la porte.

— Chad essaierait probablement de me faire arrêter pour usurpation d'identité ou quelque chose du genre. De plus, il n'y a qu'un nombre limité d'ouvriers qui font l'entretien, et si j'arrête, ils vont être submergés de boulot. Je peux gérer cinq jours de plus.

— Tu fais partie des gentils, pas vrai ?

— En dépit d'avoir de l'argent, tu veux dire ? Oui, je suppose. C'est ce que je voudrais que les autres fassent.

— Mon commentaire n'avait rien à voir avec le fait que tu aies de l'argent. Je pense que je t'aime bien, Jared Gilliland.

Il s'arrêta de pousser le furet dans le conduit pour lui faire un sourire éclatant.

— Je t'aime bien aussi, Keri Smith.

Il la fixa pendant une minute, et elle put sentir son regard sur ses lèvres, son corps. Comme un rayon laser qui la réchauffait.

— Arrête ça.

— Je ne peux pas m'en empêcher. Si tu veux dire... te regarder. C'est juste que...

Il détourna brusquement la tête.

— Mon loup n'arrange pas les choses. Nous avons besoin d'un peu de temps pour courir. Quand allons-nous atteindre la prochaine terre ferme ?

Même la mention d'une course fit bondir quelque chose en elle.

— Ketchikan. Nous arrivons au port vers sept heures demain matin. Nous partons à vingt heures.

— Alors c'est un rendez-vous ? Je ne suis pas de garde avant l'après-midi. Puis-je t'inviter à explorer l'île avec moi demain matin ?

— Ça a l'air merveilleux.

Elle enroula ses bras autour de ses jambes et se délecta de son bonheur. Sa louve cessa de faire des suggestions obscènes sur la façon de séduire son compagnon et se vanta plutôt de bien l'avoir choisi. *Oui, oui, tu sais tout.*

Sa louve était tout à fait d'accord.

— Tu ramènes les affaires volées à Tessa ?

Elle hocha la tête, mais il ne pouvait pas la voir, car il avait tourné le dos pour continuer à travailler.

— La première fois que je la vois devenir coléreuse depuis longtemps. Elle est très énervée que quelqu'un ose essayer de préparer mon compagnon à une chute.

— Eh bien, les gens ne savaient pas que j'étais ton compagnon, hein ?

— Non, mais elle est toujours énervée.

— C'est marrant. J'ai commencé ce voyage en me demandant si j'allais devoir tenir la main de Tessa tout le temps, mais plus il y a d'exigences, mieux elle relève le défi.

— Elle a la formation, non ? Tu as dit qu'elle avait obtenu son diplôme avec mention ?

— Oui. Elle a les compétences, seulement elle se compare toujours à son grand frère qui est comme M. Perfection. Ce mec est flippant. Ce n'est pas sa faute s'il est bon dans tout ce qu'il fait, mais c'est...

Elle ne voulait pas paraître déloyale envers Tessa.

Jared tira violemment sur le furet, pour récupérer quelque chose dans les tuyaux.

— Cela rend la tâche difficile pour les personnes qui

viennent après ? Oui, je peux voir ça. Surtout dans les familles de métamorphes, cela peut devenir difficile. Bien que les chats soient généralement moins dans le style de « J'ai de plus gros crocs que toi ».

— Tony n'est pas du tout compétiteur. C'est un gros minou amical, ce qui explique en partie pourquoi je pense qu'il a fait un si bon travail de coordination. Tout le monde l'aimait et ils ont travaillé dur pour lui.

Jared tira à nouveau, progressant un peu plus.

— Quelle est l'histoire avec Chad, alors ? Il ne semble pas du genre à être le meilleur ami de quelqu'un comme Tony. Chad est le contraire d'un super performant.

Une autre poussée. Encore une autre. Keri le regardait avec fascination pendant qu'il travaillait.

— Non. C'est parfaitement logique. Tony était trop tendre pour virer Chad. Pour être honnête, on dirait que la façon dont Chad t'a traité durant ce voyage est la première fois qu'il franchit vraiment la ligne. Tu sais, agir comme un connard.

— Oh, je reçois un traitement spécial ? Comme c'est tout génial.

Keri renifla, le son s'intensifiant en un cri de surprise alors que Jared tira une dernière fois et que l'objet coincé apparut.

Un énorme ours polaire en peluche, détrempé avec un museau en lambeaux les regarda tristement tous les deux alors qu'ils riaient.

Jared frotta son museau le long du dos de Keri, tous deux respirant encore fort après s'être poursuivis à travers les hauts arbres de la forêt couvrant les montagnes derrière

Ketchikan. Ils avaient trouvé un petit espace ouvert surplombant la ville, avec l'autoroute qui les séparait et les maisons carrées aux couleurs vives construites en couches sur la colline escarpée.

— *C'était incroyable. Et juste ce dont j'avais besoin*, ronronna Keri en s'installant plus confortablement.

Même parler dans son esprit lui demandait plus d'efforts qu'il ne voulait en faire. Ses muscles se détendaient, le soleil du matin les baignant de chaleur. Le port se trouvait en dessous d'eux, pas assez proche pour entendre plus que le faible bruit des voix humaines et des roues sur les quais. Trois navires massifs attendaient, leurs passagers traversant la petite ville étaient une vraie invasion.

Et chaque jour, cette même invasion se répétait, mais contrairement aux Vikings ou aux Goths, ces raids apportaient de l'énergie et des finances aux personnes qui vivaient et aimaient la terre lointaine.

Le Nord lui manquerait terriblement s'ils partaient.

— *Keri, nous pouvons vivre où nous voulons, tu le sais, n'est-ce pas ?*

Elle trembla sous lui.

— *J'entends les mots, vois les images, mais ne les saisis pas encore correctement.*

— *Je comprends. Et je ne veux pas exagérer, mais j'ai besoin que tu saches que j'aime vraiment ce genre de chose. Le désert et les petites villes. La capacité de changer et d'être complètement sauvage dans les cinq minutes qui suivent mon départ de chez moi — si tu n'as connu ce genre de liberté que pendant tes vacances, tu ne peux peut-être pas comprendre, mais c'est ma maison.*

Elle se retourna, le ventre à l'air, et son loup trembla pour maîtriser le hurlement de joie qui voulait s'échapper.

Puis elle se tortilla et lui lécha le museau, et il fut encore plus abasourdi.

— *Je n'ai pas de maison. Aucun endroit qui m'appelle pour être là pendant les vacances et les événements spéciaux. Tu es mon compagnon, et bien que je veuille avoir des conversations sur ce qui se passe dans notre vie, je suis trop heureuse en ce moment pour me plaindre. Je suis un loup, Jared. J'aime la terre sous mes pattes et le soleil qui réchauffe ma fourrure. Si tu veux vivre dans le Nord, ça me va. Si tu veux m'emmener dans des endroits chers en Europe, je n'aurai qu'à sourire et à le supporter.*

Elle était toute douce contre lui et il regardait l'eau avec contentement. Jared appréciait ce moment.

— *Trop drôle. Regarde.*

Keri donna un petit coup de patte vers la rue principale.

— *Les pattes sont nulles comme doigts. Qu'essaies-tu de montrer ? Attends une minute. Est-ce ce nul de Chad avec quelqu'un ?*

— *Oh waouh, c'est Eden du ménage. Elle a été partout après lui selon ce que j'ai entendu. Chad se plaignait d'elle à Tony entre deux voyages il y a quelque temps, et Tessa a mentionné que cela se passait également pendant ce voyage.*

Jared examina le quasi-sexe dans la rue qui se passait contre le mur du fond de la rue latérale.

— *Il ne semble plus s'en plaindre.*

Cela l'excitait un peu, ce qui n'avait rien à voir avec Chad — ick ick et triple ick — mais tout à voir avec le fait qu'il imaginait mettre Keri dans la même position contre le mur.

— *Ton loup est-il heureux ? Allons-nous prendre un déjeuner rapide ?*

Keri était debout et dévalait le chemin jusqu'à l'endroit où ils avaient caché leurs vêtements.

— *Sautons le déjeuner et nous pourrons faire une partie de jambes en jusqu'à ce qu'il soit l'heure pour toi de travailler.*

Il aimait être un loup et adorait avoir une compagne.

Et les rendez-vous du midi avec sa compagne ? Oh oui... il était sûr qu'il allait les aimait aussi.

**11**

___

essa fronça le nez en acceptant la poignée de bijoux que Keri lui passa.

— Cela n'a tout simplement aucun sens. J'ai eu quelques-uns des meilleurs nez du navire qui ont traversé tous les quartiers de l'équipage, et il est impossible de déterminer à partir de l'odeur seule qui a volé et caché des choses. Quand ils ne le cachaient que sur Jared, c'était une chose. Mais maintenant, cela s'est propagé à toi ?

— C'est pourquoi il faut que ce soit une entreprise.

— Cela me rend folle de voir comment ils ont réussi à garder une longueur d'avance sur moi.

Tessa offrit un autre morceau de chocolat.

Keri refusa catégoriquement.

— Comment la caféine peut-elle ne pas faire d'effets, je ne le saurai jamais.

— Qui a dit que cela ne le faisait pas ? Je suis en fait à moitié comateuse, normalement.

Keri se leva à l'approche de Jared.

— Puis-je vous interrompre ?

Il l'embrassa sur la joue et Keri soupira comme une écolière amoureuse.

Tessa haussa un sourcil.

— Tu es capable de tout. Y compris gâcher ma croisière qui se déroule bien.

Jared secoua lentement la tête.

— Tu fais un excellent travail. Tout le monde fait des commentaires élogieux, les visiteurs et le personnel, alors détends-toi et profite de la dernière journée.

— Vraiment ?

— Bien sûr. Il n'y a que des éloges pour la croisière, comme d'habitude. Et la seule mention que j'ai entendue à propos de quelque chose de bizarre avec les bijoux vient de quelques femmes que j'ai croisées et qui s'extasiaient sur le « service de nettoyage » du navire, quel qu'il soit.

Tessa rebondit.

— Oui ! Ça a fonctionné.

— Qu'est-ce que tu fais, ma belle ? demanda Keri en se faufilant dans les bras de Jared pour un rapide câlin.

— J'ai eu cette idée de génie de faire nettoyer les articles avant de les rendre, et j'ai créé ces petites cartes « Des étincelles gratuites pour faire briller votre voyage »... Eh bien, la carte le disait mieux que ça, mais tu vois l'idée.

Keri ricana.

— Seulement sur un navire pour métamorphes, je parie. Je n'essaierais pas ça sur un vaisseau pour humains. Je pense qu'ils seraient un peu plus méfiants.

— Tout à fait.

Tessa hocha la tête.

— C'est amusant de travailler avec les métamorphes ; tant que rien n'est parti pour de bon, ils sont cool. Nous avons toutes sortes de métamorphes qui travaillent sur le vaisseau, donc ce n'est pas comme si je pouvais amener l'un des Alphas à bord pour faire des interrogatoires jusqu'à ce qu'ils découvrent qui c'est. En plus, c'est le contraire de ce que je veux — ce n'est pas une chasse aux sorcières ni une inquisition.

— Si tout est en place à la fin du voyage et qu'il n'y a pas de plaintes en cours de la part des passagers, est-ce encore un problème ?

Tessa marqua une pause.

— Je ne peux pas simplement l'écarter, Keri.

Elle les regarda tous les deux et secoua la tête.

— Je sais que vous ne pouvez pas être les voleurs, parce que, vous m'avez remis des objets aussi vite que vous les avez trouvés, mais ça a toujours l'air mauvais. Et si on ne peut pas désigner le coupable, il y a forcément quelqu'un qui vous soupçonnera, même après. Ou me suspectera moi de dissimuler votre culpabilité.

C'était vrai.

— Nous avons quelques heures jusqu'à ce que nous arrivions à quai. Tu n'as besoin de moi pour rien d'autre ?

Tessa secoua la tête en déballant une autre barre de chocolat.

Jared agita la main.

— Je vais aider aussi, mais d'abord, je me demandais si tu avais eu une réponse à ce message que j'ai envoyé à ma meute.

Le sourire de chat apparut à nouveau.

— Oh oui, il y en avait un. Assez bref, il te retrouve sur le quai, un certain Keil.

Un frisson secoua son compagnon, et Keri le serra un peu plus fort.

— Jared ? Ça va ?

Il acquiesça.

— Oui, mais je suppose que nous te présenterons mon Alpha plus tôt.

— Oh.

— Ne t'inquiète pas, il est cool, seulement il y a une discussion attendue depuis longtemps qui doit avoir lieu. Keil a pris la relève en tant qu'Alpha après que mes parents ont quitté la ville, il n'est donc pas au courant de certaines choses.

— As-tu des problèmes ?

— Sûrement pas. Juste...

Le vibreur de sa ceinture sonna et Jared soupira. Il vérifia l'écran et s'éloigna du côté de Keri.

— Quelqu'un a décidé que les allées de jeu de palets seraient un endroit idéal pour vider quelques bouteilles de bulles. Il n'y a personne de disponible pour le ménage. Je dois aller nettoyer.

Il déposa un baiser sur sa joue et se retourna.

— Attends, je vais t'accompagner.

Elle marcha à son rythme quand il s'arrêta à côté d'un placard de maintenance et ouvrit la porte, tirant un chariot bien approvisionné.

— Je vais regarder les gens. Je suis désolée. Je ne nous suis pas très utile !

— Ça va bien se passer. Vraiment.

Keri tira ses cheveux en arrière et les attacha en une queue de cheval. Il y eut à nouveau une légère brise, cette fois-ci décollant de la terre, et avec l'élan du navire vers l'avant, c'était suffisant pour faire craquer et crépiter les drapeaux sur la balustrade, leurs couleurs vives ajoutant une touche joyeuse aux bleus et aux verts des environs.

Les enfants s'éclataient dans les bulles. Pas seulement des enfants — quelques chats plus âgés avaient pris leur forme animale pour se joindre à eux. Ils glissèrent sur la surface, quatre pattes écartées sur le côté pour garder l'équilibre.

— Cela a l'air très amusant.

Jared mit deux doigts dans sa bouche et siffla bruyamment.

— Tout le monde en bas à droite !

Keri fronça les sourcils.

— Que fais-tu ?

Jared sourit.

— Eh bien, je dois le nettoyer, mais pas tout de suite, et tant que les enfants courent de la balustrade vers le pont intérieur, ils devraient être en sécurité, non ?

Keri le contempla avec admiration  : Jared cajolait le rassemblement d'une douzaine de jeunes. De plus en plus de gens se rassemblèrent pour regarder les enfants prendre un départ en courant puis se précipiter sur les planches de bois massif qui étaient maintenant entièrement recouvertes d'une fine couche de bulles humides et lisses.

Une acclamation s'éleva alors que M. Fedora rejoignit la file d'attente. Il bavardait avec les jeunes autour de lui en attendant son tour.

— Qu'est-ce qu'il fait ? demanda Keri.

— Prendre un peu de plaisir ? Ce n'est pas parce qu'il est une personne importante qu'il ne peut pas passer profiter des choses simples de la vie.

Jared attrapa sa main dans la sienne, et ils se levèrent et apprécièrent le soleil qui brillait sur eux. Les rires et l'excitation dans l'air lui faisaient presque oublier qu'il y avait un nuage suspendu au-dessus d'eux.

Il trébucha.

— Tu vas essayer ? lui demanda Jared.

— Moi ? Nan.

Il la poussa en avant.

— Vas-y. C'est assez sûr. Les problèmes seront pour plus tard, amuse-toi.

Elle se tint dans la file, les personnes de petite taille et les adultes faisant la queue pour leur tour. L'un des enfants courut jusqu'à Jared avec quelques bouteilles de bulles de savon supplémentaires dans les mains, et Jared se pencha pour discuter de quelque chose — mouillant probablement la surface pour la rendre plus glissante. La façon dont il tourna toute son attention vers l'enfant fit mal au cœur de Keri. Il avait ses mains sur ses cuisses, son visage tourné vers le petit loup pour une discussion sérieuse.

C'était un homme bon et Keri en tombait amoureuse. Ce n'était pas assez que son loup soit obsédé, elle voulait que son esprit humain aime aussi son compagnon. Et avec chaque jour qui passait, elle devenait de plus en plus sûre que l'amour pouvait arriver.

Ou plutôt, arrivait.

Le petit garçon fit couler du liquide du goulot ouvert de la bouteille en zigzag sur toute la longueur de l'allée.

Une légère agitation venant de la droite attira son attention. Eden de l'entretien ménager se dirigea vers Jared puis chuchota assez fort pour que sa voix, mais pas les mots eux-mêmes, puisse être entendue de l'endroit où Keri se tenait dans la file.

Eden agrippa la balustrade du chariot et le tira vers elle. Jared posa une main sur la section du panier et arrêta son mouvement. C'est à ce moment-là que Keri repéra l'étiquette soignée d'Eden sur le bord supérieur du panier et une pensée horrible, terrible, la frappa.

Jared abandonna le combat, ses mains levées, et Eden s'enfuit, son chariot de nettoyage agrippé à ses doigts crispés.

Le petit garçon qui rechargeait les bulles atteignit la fin

de la rangée et se retourna, levant rapidement le pouce avant de revenir aux côtés de Jared.

Keri força brutalement son chemin devant les quelques métamorphes qui attendaient devant elle.

— Excusez-moi, désolée, une urgence.

La femme s'élança pour atteindre la voie en premier, son regard fixé sur Eden alors que la femme se précipitait vers la porte réservée au personnel de maintenance, son chariot agrippé devant elle. Keri se tenait en équilibre comme sur une planche à roulettes, tournoyant à 360 degrés en luttant pour garder son équilibre. Un fort rugissement d'approbation s'éleva derrière elle. Le mur de la cabine intérieure passa devant elle alors qu'elle se dirigea vers sa cible.

Les vadrouilles volèrent d'un côté, les balais et les seaux de l'autre.

Et par-dessus tout, des boucles d'oreilles, des colliers et d'autres babioles brillantes tombèrent sur elle et Eden.

## 12

Il avait bouclé la boucle. Jared se pencha en arrière dans le canapé confortable, regardant autour de lui le café familier avec quelque chose proche de l'émerveillement. De l'autre côté de la table, son Alpha posa un plateau rempli de cafés et de friandises. Jared ne pouvait toujours pas sentir ce putain de truc, mais maintenant cela n'avait plus aucune importance, parce qu'il avait sa compagne à ses côtés, ses pieds sous sa cuisse alors qu'elle se pelotonnait contre lui.

— Vous deux savez comment faire sensation.

Keil se laissa tomber sur une chaise avant de passer une tasse à Keri.

— Je pensais avoir entendu parler de tout, mais c'est...

Il semblait chercher le mot juste.

— Divertissant ? compléta Jared avec espoir.

Keil renifla.

— C'est mieux que d'avoir à sortir ton cul du taudis. Tu es un gars bien plus compliqué que je ne l'aurais jamais imaginé, Jared.

De l'autre côté de la table, Tessa se pencha et attrapa un

éclair au chocolat, plantant ses dents dans la surface douce avec un bruit joyeux. Elle avala rapidement avant de pointer la friandise à moitié mangée vers sa meilleure amie.

— Tu dois encore expliquer ce qui t'a poussée à éliminer Eden comme ça.

Keri se tortilla.

— Vous vous souvenez que nous avions parlé de la façon dont peut-être Chad piégeait Jared ? Je n'ai trouvé aucune raison pour qu'il essaie de gâcher la croisière. Je veux dire, je savais qu'il voulait que ton frère reprenne les commandes, mais Tony n'est pas stupide, et bien que Chad ne soit pas la lampe de poche la plus brillante du quartier, même lui devait savoir que ruiner la réputation du navire ne serait pas le moyen de garder son ami heureux.

Keil écouta attentivement

— Donc, il n'y avait pas de coup monté ?

Tessa se lécha le bout des doigts tout en secouant la tête.

— Il y en avait un. Eden essaie d'attirer l'attention de Chad depuis au moins trois croisières. Mon frère et moi l'avons entendu parler d'elle, mais il a toujours eu quelqu'un d'autre en vue.

— Y compris, pensa-t-il, Keri pour le début de ce voyage, taquina Jared.

— Ben oui.

Sa compagne rougit. Puis ses paupières se plissèrent.

— Oublie ce que tu comptes dire.

Jared fit marche arrière. Elle avait raison.

— Allez, dis-nous la dernière partie.

Tessa haussa les épaules.

— Eden a avoué. Elle savait que si des choses disparaissaient, les deux secteurs les plus susceptibles d'être accusés de vols seraient le ménage ou l'entretien — les seuls groupes ayant un accès facile aux quartiers privés. Elle s'est dit que si elle couchait avec Chad, il serait moins susceptible de vouloir l'accuser. Après qu'il se soit plaint de combien il n'aimait pas Jared, c'était facile de le faire paraître coupable. Mais, Keri, tu l'as percutée. Dis... pourquoi ?

Keri se blottit contre le côté de Jared.

— Honnêtement ? Il y a eu ce vol d'art qu'on a appris à l'école. Le personnel de nettoyage de l'un des grands musées remplaçait des œuvres d'art inestimables par des contrefaçons et emportait dans ses chariots les originaux sous le nez des gardes sans se faire remarquer. Quand Eden s'est mise en colère contre Jared qui attrapait son chariot de nettoyage privé, je me suis demandé s'il y avait quelque chose là-dedans qu'elle ne voulait pas qu'on retrouve.

Tessa haussa un sourcil.

— Donc, c'est ce que tu supposes, argua Tessa.

Keri hocha la tête.

— Oui, plus ou moins.

Tessa leva ses deux pouces.

— Tu es une championne !

Une satisfaction sauvage envahit Jared. Keri avait sauvé leurs fesses, car faits avérés ou non, il n'aurait pas été facile d'expliquer à ses parents ce qui s'était passé sur le navire.

Tout le monde bavarda ensuite avec légèreté. La main de Keri reposait sur la sienne et il frotta légèrement ses doigts, son esprit s'emballant alors qu'il réfléchissait à ce qu'il valait mieux faire. Ils avaient vraiment un monde d'options ouvert.

— Hum.

Jared sauta sur ses pieds.

— Chad ?

Sans ses fanfaronnades habituelles, l'homme serrait son

chapeau dans ses mains et évitait le contact visuel. Il soupira avec lassitude, puis remarqua Keil.

— Désolé, je ne voulais pas vous interrompre. Je t'appellerai...

— Attends.

Jared ne savait pas pourquoi, mais il tira la chaise de la table derrière eux et la lui offrit.

— Assieds-toi. Tu veux un café ?

Chad s'arrêta puis les rejoignit. Il regarda Tessa et laissa échapper un autre de ces soupirs.

— Pas de café, mais je te dois des excuses, Tessa, et comme j'ai été impoli devant les autres, je devrais m'excuser devant eux. Je n'avais aucune idée qu'Eden ferait quelque chose d'aussi bizarre. Je n'aurais jamais compromis la croisière. J'espère que vous me croyez.

Tessa hocha lentement la tête, mais ne dit rien.

— Tu as fait un très bon travail. J'espère que tu prendras plaisir à diriger le navire pendant encore longtemps.

Il se leva et hocha la tête, manifestement prêt à prendre congé.

— Merci pour ça, déclara Tessa. Seulement, je pense que je vais laisser le navire à Tony à partir de maintenant. Je ne manquerai pas de lui recommander de t'embaucher à nouveau.

La bouche de Chad s'ouvrit.

— Vraiment ?

— Tu es un excellent coordinateur, Chad. Tu as juste besoin de mettre fin aux vendettas privées avec les membres d'équipage.

Chad jeta un coup d'œil penaud à Jared.

— Désolé.

Jared leva sa tasse.

— C'est oublié.

Keri s'agita à ses côtés.

— Tessa, tu n'as jamais dit un mot sur le fait de ne pas vouloir diriger le bateau de croisière la prochaine fois. Qu'est-ce qui se passe ?

— Tu étais un peu distraite.

Le large sourire de Tessa se retrouvait dans les expressions qui leur faisaient face.

Oui, ils avaient été un peu distraits, mais qui pourrait les blâmer ? Même assis là, Jared avait hâte de s'enfuir à nouveau avec Keri, de trouver un endroit privé pendant des jours.

Cette chose d'accouplement était plus perturbante qu'il ne s'y attendait.

— Raconte.

Tessa essuya le chocolat de ses lèvres.

— Je ne supporte pas l'océan. J'ai eu le mal de mer pendant tout le voyage et la seule chose qui m'a permis de rester saine d'esprit était le chocolat. Si je ne veux pas être une couguar de trois cents livres, je dois trouver un endroit sec à gérer. Le navire était amusant et je sais que j'ai fait du bon travail, mais Tony est le bienvenu pour reprendre ma suite. Je passe à quelque chose qui me convient mieux.

Keri éclata de rire.

— Maintenant, le chocolat a du sens. Mais... tant mieux pour toi. Oui, tu dois faire ce qui va te rendre heureuse. Je serai toujours fière de toi.

Tessa sourit et Jared se détendit.

Si Tessa ne travaillait plus sur le navire, alors peut-être que Keri serait ouverte à une petite suggestion qu'il venait d'avoir.

Il appuya leurs fronts l'un contre l'autre. Il parla doucement, juste pour ses oreilles alors que le bruit de voix joyeuses grondait autour d'eux.

— C'est triste que tu n'aies plus de travail.

Elle secoua la tête.

— Je n'arrive pas à croire que je suis au chômage, au moins ils ne m'ont pas déposée au Groenland.

Il n'était pas tout à fait sûr de ce que cela signifiait.

— Cela signifie-t-il que tu es libre de faire quelque chose de spécial avec moi ? Comme peut-être trouver un bon travail artistique ici dans le Nord ?

— Je suis à toi.

Les mots étaient simples, mais il y avait de la légèreté dans ses yeux, une sorte de joie et de luminosité qui s'échauffait rapidement jusqu'à quelque chose qui enflammait son corps.

— Je suis content de l'entendre.

Il ignora tout le monde autour d'eux et même que son Alpha le fixait et avait une tonne de questions sans réponse. Il ignora tout sauf son besoin de se connecter avec sa compagne, car à ce moment-là, il n'y avait rien sur sa liste de choses à faire plus important que « embrasser Keri jusqu'à l'inconscience ».

Alors il le fit.

# SCÈNE BONUS

*New York, trois semaines plus tard.*

Keri prit une grande inspiration et lutta pour empêcher son sourire de s'élargir encore plus.

La semaine passée avait été comme tout droit sortie d'un conte de fées. Son compagnon l'avait emmenée à New York. Pas seulement elle, mais aussi ses parents, et ils avaient assisté à toutes sortes d'événements familiaux. Y compris une cérémonie loufoque qui avait été à un pas d'un mariage, plus qu'assez formelle pour la faire trembler, elle et ses parents terre-à-terre, dans leurs bottes pendant un petit moment.

Tout cet argent. Tout ce pouvoir...

Ils avaient été nerveux jusqu'à ce qu'ils se réunissent avec la famille de Jared, et son charme et sa bonne humeur devaient être de famille.

S'il y avait une famille plus détendue née avec une

cuillère en argent dans la bouche, Keri ne pouvait pas l'imaginer. En ce moment même, sa mère et son père étaient partis avec les Gillilands, galoper quelque part dans Central Park.

Du moins, c'est ce que Jared venait d'annoncer.

Keri jeta un coup d'œil dans le miroir pour le regarder un peu plus attentivement par-dessus son épaule, tentée de secouer la tête pour voir si ce qu'elle avait entendu résonnait là-dedans.

— Laisse-moi bien comprendre. Mes parents et tes parents se promènent dans Central Park ? Sous leur forme de loups ?

Jared fit oui de la tête.

— C'est un groupe en visite, bien sûr, mais mon père a réussi à mettre en place quelque chose avec des statuts et une agence de voyages, donc la seule chose avec laquelle ils doivent être à l'aise, c'est que des humains les prennent en photo, pensant qu'ils observent *des meutes de loups de Yellowstone.*

— Tu ne sais pas à quel point mon père s'amuse à raconter des histoires à ses clients après avoir passé une journée dans le parc.

Elle passa une brosse dans ses cheveux. La visite à New York n'était pas du tout ce à quoi elle s'attendait. Elle était heureuse de découvrir qu'elle appréciait non seulement la famille de son compagnon, mais surtout, son compagnon.

*Comme lui. Et le loup est sexy.*

Ce qui était pertinent.

— Alors, si nos mamans et nos papas galopent actuellement autour d'un espace vert, à quoi se prépare-t-on ?

Elle repensa aux activités qu'ils avaient appréciées la semaine dernière.

— Est-ce que tes sœurs veulent nous emmener quelque part ? Je les aime bien, au fait. Tu as des sœurs très gentilles.

Jared croisa brusquement les bras, mais il avait l'air bien trop content pour être vraiment ennuyé, même si ses mots étaient taquins.

— Jilly et Julie veulent certainement passer plus de temps avec toi, mais je ne pense pas que je vais le permettre. Pas avant d'avoir trouvé des munitions pour les empêcher de te raconter plus d'histoires sur ma jeunesse décadente. Comment suis-je censé être ton héros quand tu sais que j'ai été coincé dans un costume de clown quand j'avais douze ans ?

— Hé, ne me regarde pas. N'essaie même pas de l'utiliser comme costume d'Halloween.

Une pointe de malice éclaira ses yeux.

— Tu n'aimes pas les clowns ?

— Aucune personne saine d'esprit n'aime les clowns, rétorqua-t-elle.

Elle se leva et s'approcha de lui d'un air menaçant.

De toute évidence, pas aussi menaçante qu'elle l'avait voulu, car la première chose qu'il fit lorsqu'elle fut à portée de main fut de l'attraper par les revers de son peignoir et de l'attirer pour un long et succulent baiser.

Quelque temps plus tard, ils se séparèrent, allant dans des directions différentes de trois pouces, ce qui était juste assez pour qu'elle puisse reprendre son souffle.

— Tu continues à faire ça, et nous allons manquer tout ce à quoi nous sommes censés assister.

— Nous ne pouvons pas faire cela, car nous sommes les invités d'honneur.

Il tendit la main derrière lui et sortit quelque chose de sa poche arrière.

— En parlant de cela, invitée d'honneur la plus importante, ceci est pour toi.

Keri lui prit la boîte des mains, une légère hésitation avant de parler.

— Jared, je sais que tu es riche et tout, mais je t'aime. Tu n'as pas besoin de continuer à m'acheter des babioles.

Des bibelots qui coûtent plus cher que le loyer de son appartement. L'appartement dont elle n'avait plus besoin parce qu'ils avaient trouvé un logement ensemble. Deux endroits, pour l'amour du ciel ! Un à New York près de sa famille, et un à Haines pour qu'ils puissent officiellement rester avec la meute de Granite Lake.

Il lui donna un baiser sur sa joue.

— Je t'aime aussi, mais je ne t'achète pas de bibelots parce que ça m'inquiète. Je t'offre des choses parce que je ne peux pas résister. Ce n'est pas ma faute. C'est un cadeau du chef des meutes de loups écossais. Cela vient aussi en partie de l'une des familles locales ici à New York. Des amis de mes parents — leur fils et son meilleur ami ont quelque chose à voir avec la conception, et je veux voir ce que tu en penses.

Son commentaire l'intrigua et elle souleva le couvercle de la boîte, s'attendant à être aveuglée par le scintillement des diamants ou d'autres bijoux précieux.

Ce qu'elle trouva à la place fut quelque chose de beaucoup plus robuste, mais tout aussi beau.

— Oh, mon... Ceci est incroyable.

Elle sortit l'élément unique de la boîte et le déposa sur sa paume, faisant courir ses doigts sur le cordon tressé qui formait la majeure partie du bracelet. De minces brins de cuivre étaient tissés à travers le cordon, créant une mosaïque d'une beauté subtile et douce comme de la soie.

Jared l'enleva doucement de ses doigts et l'enroula autour de son poignet, refermant le fermoir.

— Je suppose que c'est une approbation ?

Keri étendit le bras et tordit son poignet pour permettre à la lumière de refléter sur les minces brins de cuivre.

— J'adore les bijoux que ta famille fabrique, mais ceux-ci ont l'air fonctionnels et jolis.

Elle leva les yeux vers lui.

— A-t-il plus d'un usage ?

Il secoua son doigt vers elle alors qu'il souriait.

— Je savais que tu comprendrais vite. Oui. C'est une ligne de bijoux adaptée aux métamorphes à porter dans le désert. Non seulement il détient la même magie funky que les bijoux que ma famille fabrique, mais sa taille s'ajuste lorsque tu changes de place, mais tous les articles de cette ligne peuvent être démêlés. Le bracelet offre un cordon de test suffisamment tendu pour créer un appentis.

— Et le cuivre ? Permettra-t-il d'installer de l'électricité dans de minuscules petites maisons pour des créatures dans le désert ?

— Nous pourrions si nous le voulions, taquina-t-il, passant devant elle sur la commode pour récupérer une boîte qu'elle n'avait pas remarquée.

— Et celui-ci, si tu peux le croire, se déroule en un hamac.

Elle retira le couvercle de la deuxième boîte avec bien plus d'empressement, aspirant une bouffée d'air à la révélation du beau collier. Cette fois, le cuivre rayonnait en un soleil flamboyant, le cordon tressé de manière beaucoup plus complexe, mais toujours d'une douceur alléchante pour la peau.

— Ce serait un crime de détruire quelque chose d'aussi beau, car je ne serais jamais capable de le retisser.

— Voici le collier. Si jamais tu décides de l'utiliser, tout ce que tu as à faire ensuite est de renvoyer le cordon dans une boîte aux lettres centrale pour le recyclage, et ils vous en enverront un tout neuf.

— C'est incroyable.

Elle souleva ses cheveux pour qu'il puisse l'attacher.

— Comment cela pourrait-il être financièrement viable ?

Jared semblait un peu distrait, pressant ses lèvres contre son cou et s'y attardant, le taquinant avec ses lèvres et sa langue.

— Le type qui investit dans la chaîne de production pense que le coût initial élevé signifie que cela en vaut la peine, mais, hé, qui suis-je pour discuter avec un collègue milliardaire de la façon dont il dépense son argent ?

— Je n'avais aucune idée que les loups milliardaires étaient treize à la douzaine ici à New York, sinon j'aurais fait un voyage bien plus tôt.

— Jim est un ours milliardaire, la corrigea Jared. Et tu sais, peu importe le nombre de milliardaires qui marchent dans les rues, tu as déjà le seul dont tu as besoin.

Elle se glissa contre lui, pressant leurs lèvres l'une contre l'autre et répondant à son commentaire d'une manière très approfondie et agréable.

Avant qu'elle ne s'en rende compte, une chose en entraîna une autre, et ils furent un peu en retard pour le rassemblement.

Les invités d'honneur avaient le droit d'avoir l'air chiffonnés.

Ses sœurs lui firent signe de l'autre côté du jardin, sautant de haut en bas pour attirer son attention.

— Je suppose que je ne peux pas te convaincre de bien te comporter cette fois, marmonna Jared alors qu'ils s'approchaient de l'endroit où deux jeunes femmes rendaient visite à un homme âgé à l'air distingué.

— Je promets que je serai aussi sage et silencieuse que n'importe qui dans ta famille.

Son reniflement d'amusement fut suffisant pour lui faire savoir qu'il savait exactement ce qu'elle venait de dire.

Ils furent instantanément encerclés, le senior métamorphe fit un baisemain à Keri.

— Et ils sont là.

— C'est une bonne chose pour le cœur d'un vieil homme de voir deux chiots si amoureux.

Jared fit les présentations.

— Keri, j'aimerais que tu rencontres Sir William McGregor, du clan McGregor d'Écosse. C'est lui qui t'a offert les cadeaux aujourd'hui. Sir William, ma compagne, Keri Gilliland. Bientôt Gilliland.

À cette remarque, l'intéressée faillit s'évanouir.

— Les cadeaux sont merveilleux, et merci. Mais je pense que vous rencontrer est encore plus excitant.

Les yeux du vieil homme pétillaient. Il se tourna vers son compagnon et posa une main ferme sur son épaule.

— Jared, mon garçon. Es-tu sûr que je ne peux pas te convaincre de déménager en Écosse ? J'aimerais beaucoup transmettre le clan à un loup aussi brillant que toi, avec le choix de cette compagne aussi charmante et glorieuse que cette gamine.

— Merci pour le compliment, mais vous devrez trouver un autre loup tout aussi brillant. Nous avons des projets en Amérique du Nord.

Le monsieur baissa la tête, puis se tourna avec un sourire malicieux vers Keri.

— Bien sûr. Mais tu peux venir me rendre visite quand tu veux, ma chérie.

Jared éclata de rire.

— Mes parents m'ont prévenu que vous pouviez à peu près charmer tout, même les oiseaux, mais vous ne pouvez pas charmer ma compagne loin de moi.

— Il est le bienvenu pour un essai, cependant, taquina Keri. J'apprécie les charmantes canailles. Évidemment.

Des rires s'ensuivirent, puis ils passèrent à autre chose, se joignant aux jeux de la soirée, qui impliquaient le boulingrin. Keri bavarda avec les sœurs de Jared, admira les robes et les bijoux et écouta les grandes histoires de Sir William et d'autres invités âgés. Jared resta à ses côtés, et elle se sentit tomber de plus en plus amoureuse de cet homme généreux qui faisait de son mieux pour la faire sourire tout le temps.

Il faisait nuit lorsqu'ils se glissèrent dans leur suite, les lumières dansantes de la ville scintillant à l'extérieur de la fenêtre du penthouse. Keri ignora tout le reste et se dirigea directement vers son compagnon, s'enroulant autour de lui et pressant ses mains sur ses joues pour lui donner un long et lent baiser.

Un baiser plein de gratitude et de bonheur, et toutes les émotions merveilleuses, bouillonnantes et joyeuses qui l'avaient remplie depuis qu'elle avait vraiment su qu'il était à elle.

Jared posa ses mains sur ses hanches et la serra contre lui, l'embrassant en retour, puis la frottant avec affection quand leurs lèvres se séparèrent enfin.

— Eh bien, je ne sais pas ce qui l'a provoqué, mais j'aime ça.

— Tu es inattendu, admit-elle. Ton argent n'aurait pas le même attrait sans son propriétaire.

Elle pencha à nouveau son menton pour pouvoir l'embrasser une fois de plus.

— Je suis très heureuse que mon compagnon soit un homme si merveilleux.

— Et je suis content que ma compagne soit toi...

Ils n'eurent plus besoin de mots après ça. Ils parlèrent dans une tout autre langue pendant très longtemps.

# ÉPILOGUE

Mark Weaver avait un assez bon sens de l'humour pour voir l'ironie de la situation.

Il s'appuya contre le mur de la maison de la meute et fixa le rassemblement de loups, qui faisaient tous un bruit excessif, même selon les standards des métamorphes. Ce qui en disait long, étant donné que les loups fonctionnaient généralement au volume maximum en premier lieu.

Son regard s'attarda un instant sur le coin de la pièce où les membres les plus âgés de la meute s'étaient obstinément accrochés à un ensemble de tables et de chaises afin qu'ils puissent ignorer la musique et le chaos dansant autour d'eux et profiter d'un jeu de cartes. Qu'ils puissent se concentrer au milieu du chahut en disait long sur leur concentration, ou peut-être plus sur la détérioration de leur audition, mais Mark n'était pas prêt à en juger.

Ils passaient un bon moment, et c'est ce qui comptait.

Enfin, pas lui, non.

Il jeta un autre coup d'œil rapide à travers la meute qui dansait et riait à la recherche d'un monstre aux yeux verts.

Niché pas trop loin, sombre et morose.

Son loup souffla à son imagination. *Je ne suis pas un dragon non plus.*

*Je ne parlais pas de toi*, l'informa Mark.

*Humain stupide. Je suis la seule bête sauvage ici.*

Si Mark était honnête, son loup avait raison — il y avait un soupçon de jalousie bouillonnant à l'intérieur, mais ce n'était pas une bête malveillante.

Cependant, Mark était jaloux.

Son loup lui offrit une tape mentale rassurante alors même qu'il répétait le commentaire précédent. *Nous trouverons une compagne un jour, mais en attendant, nous faisons ce qu'il faut.*

Mark le savait. C'est pourquoi, alors que les stars invitées de la soirée marchaient vers lui, le sourire qu'il se força à faire était presque sincère.

— Félicitations encore et bienvenue dans la meute, Keri.

Il pensa à mettre ses bras autour de la brune aux cheveux noirs qui se tenait maintenant devant lui et à lui faire un rapide câlin, juste pour secouer Jared, mais comme ils étaient nouvellement accouplés, Mark pourrait finir par retirer deux moignons saignants avant d'avoir l'occasion d'expliquer qu'il n'était pas en chasse.

Il tendit la main à la place.

Keri sourit gentiment

— Merci. Et vous êtes ?

Jared enroula un bras autour de ses épaules et la tira contre lui avec beaucoup de jubilation.

— Ce merveilleux compagnon est la source de toutes nos bénédictions. Le marieur généreux de notre accouplement.

Mark réussit à s'empêcher de rouler des yeux, impressionné. Keri comprit :.

— Tu es Marc.

— Le seul et l'unique.

— Eh bien, pas vraiment le seul et unique, taquina Jared. Parce que tu sais, vous étiez deux en même temps, techniquement...

Keri lui enfonça un coude dans les côtes, et Jared s'arrêta, mais son énorme sourire resta.

Mark ignora tout le reste et se concentra sur ce qui était le plus important.

— J'espère que vous êtes heureux ensemble. Chaque fois que vous êtes à Haines, faites-moi savoir si je peux un jour faire quelque chose pour vous.

La sérénité le gagna.

*Longue douleur...*

Pour une fois, Jared n'en profita pas, ce que Mark apprécia. C'était déjà assez grave qu'il ait raté l'occasion de travailler sur le bateau de croisière pendant quelques semaines, il y avait toutes sortes d'autres choses qui avaient mal tourné pendant que Jared et Keri étaient partis pour une lune de miel de loups.

L'expression de Keri devint curieuse.

— Je vous remercie pour la rencontre et l'accueil que votre absence a créés sans le savoir, mais j'avoue que je suis curieuse. Pourquoi ne vous êtes-vous pas présenté au travail ce jour-là ?

Une fois de plus, Mark se retrouva entre le marteau et l'enclume. Ce qu'il voulait vraiment faire, c'était admettre la vérité, ce qui l'éclairerait alors d'une bien meilleure lumière aux yeux d'une belle femme. Parce que même si elle et Jared étaient accouplés, ce n'était jamais une mauvaise chose qu'une femme parle de vous comme si vous faisiez partie des gentils.

Mais admettre la vérité reviendrait à jeter sous le bus quelqu'un à qui il tenait, un innocent qui méritait d'être protégé. C'était quelque chose que Mark ne pouvait pas faire et ne voulait pas faire. Ce qui signifiait qu'il devait revenir à son habitude.

Continuer à ne rien dire sur ses vraies raisons. Tant pis, il passerait pour un idiot.

— Quelque chose s'est produit, et je n'ai tout simplement pas pu y arriver. Mais bon, le désastre d'un homme est le trésor d'un autre.

Jared et Keri se sourient, leurs sourires hors de propos pour la médiocrité de sa blague.

Elle hocha la tête, il frappa Mark avec bonne humeur sur l'épaule, puis ils partirent pour le groupe suivant pour les bons vœux.

Mark les regarda s'éloigner. Le dragon de la jalousie posa sa tête sur le sol et laissa échapper un long reniflement torride, tout le feu à l'intérieur mourant avec un dernier jet de fumée et de cendres.

C'était sa vie pour le moment, et c'était tout. Les compagnes et les aventures devraient attendre pendant qu'il s'occupait de la chose la plus importante qui lui restait.

Un jour, l'aventure viendrait l'appeler.

Il en était sûr.

Vivian Arend, auteure de best-sellers au *New York Times*,
vous présente une série de novellas légères au rythme
enlevé, indépendantes les unes des autres, avec des couples
prédestinés et des fins toujours heureuses.

*Les Loups de Granite Lake*
tome 1: Le Langage du loup
tome 2: L'Escapade du loup
tome 3: Les Jeux du loup
tome 4: Les Traces du loup
tome 5: Le Territoire du loup
tome 6: La Morsure du loup

Vivian fait actuellement traduire ses nombreuses séries.
Merci de consulter son site web pour toutes les dernières
informations.
www.vivianarend.com/fr

# À PROPOS DE L'AUTEUR

Avec plus de 3 millions de livres vendus, Vivian Arend est une auteure de best-sellers figurant aux classements du New York Times et de USA Today. Elle a écrit plus de 70 romances contemporaines et paranormales.

Ses livres sont des romans intégraux qui peuvent se lire indépendamment de toute série et ne se terminent pas sur un suspense. Ce sont des histoires pleines d'humour et d'émotions, avec des moments sensuels et des fins heureuses. Vivian estime avoir le plus beau métier au monde. Elle habite en Colombie-Britannique, au Canada, avec son mari depuis plusieurs années (l'inspiration de chacun de ses héros et un compagnon volontaire pour toutes sortes d'aventures).